KB210359

BONE

BONE
by Yrsa Daley-Ward

이 도서의 국립중앙도서관 출판예정도서목록(CIP)은
서지정보유통지원시스템 홈페이지(http://seoji.nl.go.kr)와
국가자료공동목록시스템(http://www.nl.go.kr/kolisnet)에서 이용하실 수 있습니다.
(CIP제어번호: CIP2019040719)

BONE

Yrsa Daley-Ward

이르사 데일리워드 시집
김선형 옮김

문학동네

일러두기

1. 주석은 모두 옮긴이주다.
2. 본문 중 고딕체는 원서에서 이탤릭체, 대문자로 강조한 부분이다.
3. 장편소설과 기타 단행본은 『 』, 시와 희곡 등의 작품명은 「 」, 연속간행물, 방송 프
로그램명, 곡명 등은 〈 〉로 구분했다.

왜냐면 글쓰기는 부드러우면서도 단단한 영역이니까.

하지만 그건

내가 열한 살 때, 엄마는 나를 어떻게 키워야 할지 모르겠다며 미시시피주 포레스트의 할머니에게 보냈다. 세번째였다. 교회에 다녀오면 할머니는 내게 당신이 성경에서 '시책'이라고 부르는 부분을 읽고 주님에 대한 외경이 반드시 차오르는 감상문을 쓰라고 했다. '시책'은 사실 시편이었고, 좀더 구체적으로는 23편 5절이었다.

주께서 내 원수의 목전에서
내게 상을 차려주시고
기름을 내 머리에 부으셨으니
내 잔이 넘치나이다

나는 이렇게 적었다. "사랑하는 할머니, 이 시에서 '주'가 누군지, 왜 원수가 바라보는 앞에서 상을 차려주는지 모르겠어요. 원수가 내 상의 음식을 다 먹어버릴 걸 아주 잘 알 텐데 말이에요. 왜 내 머리가 기름에 떡지기를 바라는지, 왜 내 잔이 넘쳐서 할머니 카펫을 적시길 바라는지도 모르겠어요. 그러면 뒈지게 맞을 텐데요. 하지만 전체 시에 비해서 마지막 줄이 좋은 것 같긴 해요."

할머니는 나의 '시책' 감상이 창피하다고 하면서도 그날 나만의 시를 한번 써보라는 격려도 해주셨다. 나는 길쭉한 노란색 공책들을 허세 가득한 시로 꽉꽉 채웠다. 내 사춘기의 통통한 살집이 새로운 '세련'이고 나의 '세련'을 알아보지 못하는 여자애들은 유구한 '무심'의 전형이라고. 그 가상의 무심한 여자애를 대상으로 내 나름의 사랑시를 쓰기도 했다.

그러다 삼 년 후에는 포천쿠키의 운세 풀이에서 기가 막힌 주술主述 불일치를 발견하고 정신없이 빠져들었다. 사 년 후에는 점성술 점괘로 나온 "잠깐 기다려라"에서 진실을 발견하고 정신없이 빠져들었다. 육 년 후에는 속없는 흰소리를 꾸준히 탐구하는 에세이의 매력을 발견하고 정신없이 빠져들었다. 팔 년 후에는 믿을 수 없는 화자가 등장하는 단편에서 극적 아이러니가 얼마나 중요한지 깨닫고 정신없이 빠져들었다. 십 년 후에는 소설의 다중 서사가 자아내는 마술을 발견하고 정신없이 빠져들었다.

삼십 년 후, 나는 『뼈』를 받았다.

하지만 그건.

『뼈』는 앞으로 또 뒤로 작동하며 내게 과거에 눈뜨고 있으라고 말하는 동시에 미래를 바라보라 한다. 『뼈』는 운세고 점성술이고 에세이고 단편이고 또 우리 모두가 쓰고 싶어하고 모두가 우리에게 써주고 싶어했던 소설이다. 「시」의 말미에서 이르사 데일리워드는 이렇게 쓴다.

피멍은 산산이 부서지리라.
피멍은 산산이 부서져서
검은 다이아몬드가 되리라.
아무도 반에서 네 옆자리에 앉지 않을 것이다.
어쩌면 네 인생은 잘 풀릴지도 모른다.
분명 처음에는 그러지 못하겠지만
하지만 그것이
네게 시를 주리라.

『뼈』를 받을 때까지 나는 일만 문장, 십만 단어, 책 두 권, 미출판 원고 세 편을 써왔다. 하지만, 웬일인지, 어째서인지, 삼십 년 전 시를 받았던 기억은 내내 잊은 채 살고 있었다.

열두 살, 내가 성적 학대를 겪고 쓴 시를 할머니가 읽으셨을 때, 그때 나는 시를 받았다. 그날 밤 함께 기도를 하느라 꿇었던 무릎을 드디어 펴고 일어섰을 때, 나는 예순한 살 된 할머니의 등이 푹 꺼졌다가, 잠시 멈췄다가, 크게 부푸는 모습을 보았다. 마침내 내가 할머니의 등허리에 엄지를 살짝 얹자, 할머니는 와락 앞으로 엎드려 성경 표지를 으스러져라 품에 안았고, 그때 나는 시를 받았다.

하지만 그건.

열여섯 살, 로드니 킹 사건*의 판결이 내려진 후 내 머릿속에 떠오르는 건 오로지 빵 트럭에서 호밀빵, 식빵, 시나몬롤, 피타, 핫도그빵을 모조리 훔치고 싶다는 생각뿐이었을 때, 그때 나는 시를 받았다.

하지만 그건.

열일곱 살, 엄마가 전화로 누군가에게 목숨을 부지하는 게

---

* 과속운전으로 체포된 아프리카계 미국인 로드니 킹이 백인 경찰관들에게 집중 구타당한 사건. 구타에 가담한 경찰관들이 무죄 판결을 받으며 이에 대한 반발로 로스앤젤레스 폭동이 일어났다.

생각보다 더 어려운 일이라고 말하는 소리를 들었을 때, 그 때 나는 시를 받았다.

하지만 그건.

145킬로그램의 뚱보 흑인 소년 곁에서 굶주리다못해 도망 쳐 73킬로그램의 말라깽이 흑인 남자에게로 갔을 때 나는 시 를 받았다. 하지만 그 심장, 그 뼈들은 변함이 없었다. 시는 기억에 처박혀 살고, 기억은 뼈에 처박혀 산다.

이르사 데일리워드는 우리 모두를, 우리 모두의 서로 다 른 감수성을 일깨워 피멍이 시를 주고, 우리가 당신에게 시 를 주고, 당신이 우리에게 시를 주고, 사랑스러움이 시를 주 고, 첫날들이 시를 주고, 경고들이 시를 주고, 응급상황이 시 를 주고, 뼈가, 뼈가 다른 도리 없이 시를 줄 수밖에 없음을 알려준다.

비결은 이 선물을 받아들이는 데 있다.

2017년 6월

키에세 레이먼

인트로

그 전조들이 네게 경고했던,
크고 검은 이방인이 나다.

비상 경고

분명해, 너는 도움이 필요한,
그런 부류의 인간이란 말이야. 내 생각에 너는
전화할 때마다 낮고 매력적인 목소리로
말하는 건 이제 그만둬야 해. 그만해
벨벳과 향기로운 담배와 버번
첫 모금을 떠올리게 하는 건.
이제 더는
우리 사이에 동요나 파동을,
내 어두운 곳곳에서 혼돈을 초래하는
작은 반란을 일으키지 마. 내 상반신과
하반신이 너저분한 정치전을
치르고 있어. 한쪽은
울부짖는데 다른 쪽은 죽어도
허락을 못 한다잖아. 너는 아름다운
위험이야. 활짝 열어젖히라고 내게
강요하지 마. 어떤 책들을 오랜 세월

단단히 묶어두는 데는 다 이유가 있어. 어떤

책들은 불태우는 게 차라리 나은

법이야, 자기. 이제 그런 옷은

입지 마. 옷이 그렇게 몸에

달라붙지 못하게 하란 말이야. 이런

쉬운 패션은 따르지 마,

전신이 그렇게 다…… 왜냐면,

네가 이렇게 다…… 정말이지, 이렇게 생겼는데

혹하지 않을 사람이 어딨어? 누가 봐도 너는

아름답고 부당한데. 아무래도 자기는

생각을 좀 해줘야 해, 너 때문에

앓는 사람들, 너 때문에 불타오르고, 너 때문에

축축하게 젖는 사람들. 네가 하는 짓

알잖아. 너는 느린 열병이야. 그렇게 매력적으로

굴지 마, 재밌고 위트 있고 똑똑해도 안 돼.

네가 지금 협소한 공간에 혼돈과 정체를

초래하고 있잖아. 너는 일어나려고 대기중인

사고야. 사상자가 나부터 너까지

그리고 여기에서 저기까지

널릴 잠재적 비극,

아직 태어나지 않은 화려한 재난. 너를

만지면, 나도 아프고 너도 아프고

그녀도 아프겠지. 너는 위험지역이야. 내가

들어가서는 안 돼. 나는 들어가면 안 돼.

하지만 어쩌면 나는.

좋아하기

믿음과 외경 속에 자란
여자들도,
누구나 그렇듯, 흥분하고 흔들린다.
남자를 원하고. 다른
여자를 원하고. 하루가 끝나면 겨드랑이에서 체취를
풍기고.
밤이면 익숙하다못해 만성이 된 두려움과 불만의
혼재에 취하고. '해서는 안 될' 일들을
하고 싶어하고.
그 더럽게 돼지게 매혹적인 일들을.

예술작품

어머니나 다른 사냥당한 여자에게
너도 배웠겠지.
악마들한테 웃어주는 건 유용하고,
현명한 일이라는 걸.
불쾌함을 꿀꺽
삼켜
뱃속에 꾹 담고.
오직 안으로만 나이들면서.
영원히 쿨하고 섹시하게 구는 거야.

뼈

"울지 마.
좀 있으면 너도 좋아할걸"이라고 말한
'하나'로부터.

그리고 일이 벌어진 후 고맙다고 말하며
네 얼굴을 쳐다보지 못하던 '둘'.

너의 아침식사 비용과
집까지 가는 택시비와
어머니의 집세를 내주는 '셋'.

"하지만 네 느낌이 너무 좋아서
도저히 멈출 수가 없었어"
라는 '넷'.

몸을 내주는 건

힘든 일인데
너는 정말 잘한다고 말하는 '다섯'.

담배 냄새를 풍기며
"이런, 다 느껴지는데
너 이거 진짜 좋아하잖아"
라고 말하는 '여섯'을 지나.

아침에 기분이 나빠지는 그들까지
그렇다,
아침에 기분이 나빠지는 사람들이 있다

그리고 종종 그들은 말한다
네가 그걸 원하는 거라고
그리고 가끔은 너도 그렇다는 생각이 든다.

천만다행으로 너는

끝없이 리셋하고

세팅하고

리셋한다.

안 그러면 어떻게 찢긴 살을 봉합할까?

안 그러면 어떻게 몸이 살아남을까?

이야기는 이렇게 된 거야

엄마 말에 따르면 이야기는 이렇게 된 거야. 하지만 엄마
말은 도무지 믿을 수가 없으니까. 이때쯤은 우리 사이에서
엄마 말은 못 믿는다는 게 정설이라 해도 과언이 아니잖아.
아주 주기적으로 검증된 정설이지.

그날 아침에는, 엄마의 이야기와
그 다양한 가능성들이 예전에 해준 이야기들과
웬일인지 맞아떨어졌지만, 그것 말고는 뭐 하나 맘에 드
는 게
없었어.
우리는 창가의 스툴 두 개에 각자 앉아 술을 마시고
있었어.
얼어죽을 만큼 추웠고 하늘에는 손톱만한 달이
걸려 있었지.

엄마는 학교 가기에는 너무 이르거나, 아니면 또 너무

늦은 시간에 나를 깨웠어. 그리고 우린 바깥 풍경은 굳이

보지 않으려 애쓰고 있었지.

엄마는 집은 자랑스러워해도 정원은 자랑스러워하지 않았

는데

정원은 심지어 칠흑같이 어두운, 다 틀려먹은 시간에도

창피한 수준이었거든.

그때 엄마는 커다란 배 위 어딘가에서 아빠를

만났다는 얘기를 하고 있었어. 엄마는 천구백팔십사 년에

골드리프 크루즈 여객선에서 일하고 있었대.

엄마 말대로라면, 내 아버지 후보는 넷, 어쩌면

다섯인데 다섯번째는 타이밍도 그렇거니와

'돌아올 수 없는 지점'을 미처 지나기 전에 하다 말았다는

사실을 볼 때 가능성이 적어.

하지만 엄마 말대로

(참 노골적인 표현이지만)

사고라는 건 늘 발생하기 마련이잖아.

그러니까 그 가능성 네 가지와 또 한 가지 아주 희박한 가
능성은

다음과 같아.

1. 선장의 조수

2. 바 뒤에 서 있던 검은 피부의 남자, 아니면

3. 그 남자의 친구, 아니면

4. 그 남자의 또다른 친구…… 왜냐면
   이날은 광란의 몇 달 중에서
   정신줄을 놓은 엿새 중
   광란의 밤이었고 엄마는

   a) 굉장히 힘든 일을 겪고 있었어.
      뭐, 주로, 실연이었고

b) 너무 자주 너무 많이 술을 마셨지.

게다가, 엄마는 후회라는
이론 자체를 믿지 않는
사람이야. 그랬다면 차라리
일이 그렇게 될 때까지 손놓고 있었던 걸
후회했겠지. 더구나,
이런 사건으로 재판까지 가봤자
이길 가능성도 없잖아.

5. (가능성은 거의 없지만)
   엄마가 사랑했던 '그 남자'.

나는 어쩐지 벌떡 일어나서 (우리집에서는 아무래도
온전한 내 키만큼 똑바로 설 수가 없지만―내가 거길
집이라고 부르는 건가?)

학교에 가야 한다고 확실히 말해야 할 것 같았지, 엄마가
아무래도 잊어버릴 것 같았거든.
"아무튼," 엄마는 말을 이었어. "모성애를 보는
이런 족쇄 같은 개념은 너무 구닥다리야. 네가 나갔다
들어오고 또 나갔다 들어와도 나는 언제나 여기
있을 거야. 언제나 여기 있을 거라고. 그게 너에 대한
진짜 '사랑'이니까, 누구든 딴소리하면 듣지 마."

그러더니 엄마는 다른 언어로 말하기 시작했어.
엄마의 애인은 침대에서 정신없이 자고 있었지, 완전히
곯아떨어져서 꿈쩍도 않고. 베개 위에서 끙끙
앓으며 몹시 불안정하게 코를 골고 있었지만 언제나
그렇듯 엄마는 자기만의 세상에 있었고, 듣지도 않았어.
엄마는 테이블에 머리를 대고 쉬다가 사라졌지,
언제나 그랬듯.
나는 코트를 입고, 두 사람에게 흘긋 눈길을 주고 떠났어,

학교로, 아니 그 비슷한 데로.

돌아와보니, 우리집이 사라져 있었어.
일어나지 않기를 바랐던 바로 그 일이
어쨌거나 때때로 일어나기도 하니까.

전투

자기 자신을 증오하는 사람을
사랑하는 건
특별한 종류의 폭력이다.
뼛속의 싸움.
핏속의 전쟁.

그렇긴 하지만 그렇지 않은 때

우리 중 일부는 나쁘게 사랑한다. 때로 그 사랑은
내파內破하는 부류다. 고꾸라지고 움츠러든다. 제 창자를
갉아먹는다. 와인을 독으로 바꾼다. 레스토랑에서 형편없이
행동한다. 술을 마신다. 다른 이에게 키스한다. 새벽
네시에 침대로 돌아와 바깥 모든 것들의 냄새를
풍긴다. 너의 전 애인에 대해 캐묻는다. 전 애인을 질투한다.
모두를 경쟁자라 생각한다. 우리 중 일부는 상대를 나쁘게
사랑하고 자신은 더 나쁘게 사랑한다. 우리 중 일부는 끔
찍하게 사랑하고,
　　짐승처럼 사랑하고, 토 나오게 사랑하고, 빛의 반대로 사
랑한다. 가끔 그 사랑은
　　밤에 집으로 가지 못하고, 혼자서는 잠 못 이루고,
　　자제하지 못하고, 불타오르고, 뱃속을 파괴하고,
　　건물을 허물고, 실종된다. 주먹질을 한다. 가보를
　　박살낸다. 거짓말을 한다. 최고의 거짓말을 한다. 아무하
고나 자고 다닌다.

시를 쓰고, 사람들을 감동시킨다. 애인들을 궁지로
몰아붙인다. 애인들이 애걸복걸하도록 내버려둔다. 뱃멀
미. 좋다고 답한다.

사실은 죽어도 안 된다는 뜻이면서. 몸을 속인다. 몸을 죽
인다.

미친 듯 춤추고

웃으며, 휙 떠나버린다.

기술

나는 나 자신의 아버지지만
그 사실이 늘 명확했던 건 아니다.
나는 의무를 배워야 했다, 빨리.
쉽지는 않았다.

얼굴에 주름이 생겼고
술과 전투를 치렀다.
난 본래 내 모습보다 예뻐 보이지만
그것도 재능이다.

넌 진실의 반도 몰라

네 말에 따르면,

나 같은 사람은

이런 곳에 들어가거나

이런 사람들 근처에서 얼쩡거리면 안 된다는 건데

넌 진실의 반도 몰라.

가장 밝은 별이라도, 솔직히,

그저 뜨거운 공깃덩어리일 뿐이고

다이아몬드는, 슬프게도,

먼지와 바위로 빚어졌을 뿐이고

그리고 나비도,

기억해,

한때는 배와

자그마한 발들로

흙 사이를 기어다녔다는 걸.

비밀

이렇게 지내온 지가
수년째다. 나는 침대와
내 몸을 전부 제공한다.
그 여자는 술을 제공하고,
고지서를 전부 부담한다.

공동체

여자들이 더 온화하고, 서로에게
더 잘 대해준다고들 말하지.
제발 그만.
우리가 분노를 에로틱하게 승화하는
법을,
본능의 절규를 차단하는 법을 못 배운 것도 아닌데.

딱히 사랑은 아닌 사랑

거의 이 주째 집에 가지
않았다.
나의 새 애인은 냉장고에 맥주를 가득 쟁여두고
졸로프 라이스*를 만들 줄 알고
게다가 섹스도 좋아서
우리는 머지않아 사랑으로 착각할
그런 뭔가로 빠져들고 있다.

그래도,
'집'은 문제다. 고지서가
있고 또
쥐도 있고
거기다
앞서간 네 마음을 따라잡을 때 느껴지는

_____

* 아프리카 지역에서 즐겨 먹는, 쌀이 들어간 스튜 요리.

그 느낌도 있어서.

교훈

이끌림과 양립 가능성의
차이가

때때로 얼마나 세차게
배를 걷어차는지.

아티초크

길모퉁이 카페의 마지막
남은 손님이 되어서
그녀가 네 술잔 테두리에 묻은
다크 럼에 키스하고 아티초크
먹는 기술을 전수해주기 전까지는

그때까지는,
아직 너는 여자가 아니다.

부드러운 이파리를 입술에 대고
혀로 잎살을 건드리고,
꽃받침 조각을 깨물고,
그녀의 말대로라면 너를 정화시켜줄
즙을 삼킬 때까지는
네가 그걸 쪼개서, 그 빛깔에 탄식하고,
그 한가운데를 바라보며 손가락들이

무엇에 가장 능한지 알게 되기 전까지는

손가락을 더 깊이 뻗어
그 두툼하고 뜨거운 심장 속에 닿기 전까지
삶은 아직 시작된 것이 아니다.

약속을 받기 전까지는.
그녀가 거짓말을 일삼기 전까지는.
네가 분해되고, 수리되고,
다시 고장나기 전까지 너는 아직 연인이 아니다.
기억하라, 적당한 밤에
적당한 조명을 받으면
어떤 생각이라도 좋아 보이는 법이고
사랑은
사랑은 대체로 경솔하지만 언제나
용감하다는 걸.

가장 중요한 할일은

아무 걱정 않는 것. 네 얼굴의 주름이

뜨는 해를 막을 수는 없을

테니까. 네 눈물이 날씨를 바꿀 수는

없을 테니까. 지금도 전쟁은 벌어지고 있다.

지고 이기고, 또 지는 걸

확신할 수 있는 전쟁은

네 몸의 전쟁뿐이다.

너는 요즘 럼보다 물을 더 많이

마시는구나, 안 그래?

하지만 그녀의 추억에 건배하려고 마시는 거잖아, 안

그래?

그리고 넌 샐러드에 든 아티초크만 먹어.

결코 통째로는 먹지 않아.

한밤중 어스름이 내린 거리의 카페에서는

먹지 않아.

그녀와 함께는 먹지 않아.

그녀와, 아니 그녀 같은 사람과는 절대 먹지 않아.

열기熱氣

네가 그리워, 미미한 지진들 속에서
지하의 작은 폭발들 속에서
내 토양은 뜨거운 재난이야
집이 불타고 있어.
너는 유실물이야.

안도

천만다행이지 뭐야 거의
잊어버려서
욕망을 접어두는 것을
주장하길 꺼려하는 것을.

잘한 일

나는 흙에서 음식을 캐내며
자랐다. 나는 안다,
기쁨이 어디서 오는지
그것을 어떻게 만드는지.

어떤 실험 ─ 우리의 몸은 이러했다[*]

홍정 수단

아침식사

혼란한

성숙한 (개발된)

비싼

재밋거리

환상

건강

이글루……

(농담.)

키스를 받는

연인

내 거?

아무것도 아닌

---

[*] 원문은 각 행의 첫 글자 알파벳순으로 나열되어 있다.

제물

값비싼

조용한, 기묘한

보상

유연한.

유혹적인.

망가진.

바로 그것.

무기

XXX

네 것(혹은 우리가 네게 말한 바로 그것)

풍미.

여자아이들

치나조의 유부남 남자친구는
그녀의 친구들 모두를 원하는데 그렇다고
그녀가 그걸 모르는 것도 아니다.

아 뭐, 그녀는 말한다, 남자들은 언제나
재미 보고 돌아다니는 걸 좋아하잖아. 그이가 너를 좋아해.
네가 섹시하다고 생각해. 어때?

나는 말한다
난 그런 데 관심 없어. 그녀가
가시 돋친 말로 날 몰아붙이기 시작한다,
넌 네가 뭐라도 된다고 생각하니
어쩜 그리도 고고하고 대단하게 구시는지, 라고 물으며

네 정체가 뭔지는 다들 아는데.
모르는 사람이 없는데.

나는 본다, 그녀의 손톱/부서지기 쉬운

삶/플라스틱 머리카락/팽팽하다못해 끊어질 듯한

사랑/립스틱을 바른 입술/붉게 그을은

피부에 집착하는 그녀를

그리고 조금 운다

집으로 가는 길 내내.

싼드와 사미*(내 사랑, 이시줄루**)

오늘 새벽은 더워도 너무
더워서 아무도 잠을 이루지 못했어.
너는 내가 이상하다고 말하며 내게
키스했고
이를 내 부드러운 아랫입술에
박았지, 두 번. 어찌나 세게 물었는지 피가 난 줄
알았어.
자꾸 그런 기분이 들어, 네가
한참 동안 나를 쳐다보다가
내게 수천 가지 두려움이 있다는 걸 알아차릴 수도
있을 것 같아
사실은 네가 떠나길 바라지 않았던
네 엄마의 것과 같은 두려움 말이야.

---

* 'sthandwa sami', 남아프리카 줄루족 언어로 '내 사랑'.
** 'isiZulu', 줄루어로 '줄루어'.

그사이 미나* 나는 그간 못 잔 잠을

한꺼번에 몰아 자면서

정상적인 기분으로 돌아오길 참을성 있게

기다려.

너에 대한 내 생각들은

무시무시하지만 정확하지.

언덕 위의 집이 보여

그곳에서 우리는 뒤뜰 텃밭에 야채를 가꾸고

잼병에 든 따끈한 와인을 마시고

부엌에서 노래를 불러, 해가

뜰 때까지.

웨나**

너는 내가 다시 나 자신이 된

느낌이 들게 해. 다른 무언가가 되어야 할 어떤

---

* 'mina', 줄루어로 '너와'.
** 'wena', 줄루어로 '너'.

확실한 이유가 생기기 전의 나 자신.

어젯밤 너는 내게 싱글침대보다 더 큰 꿈을

꿀 공간을 주었어.

넌 네 잠 속에서 웃었고 나는 내 잠 속에서

울었지

그리고 오후에는 우리 둘 다 피곤할지도 몰라

오늘은 따가운 햇볕이 내리쬐고

간밤과 지금

사이에 너무 많은 일이 일어났으니까

하지만 바바*, 너는 공포이자

찬란한 광휘야

그래서

나는 이미 내 몸에게

네 몸을

---

* 'bhabha', 줄루어로 '알다'.

갈망하지 않고

그리워하는 법을 가르치는 그런 유의 여자야.

나는 이미 내 심장에게

멎지 않고

네 심장을

그리워하는 법을 가르치는 그런 유의 여자야

그래서 나는 네가 이런 걸 불필요하다고

생각하리란 걸 믿어 의심치 않아

하지만 네가 이런 말을 하면 나는 이미

도망쳐 숨을 장소를 찾고 있어,

우탄도 이와미*. 나는 준비됐어, 너는?

너는 알지, 내가 기꺼이 너와

---

* 'uthando iwami', 줄루어로 '내 사랑'.

차를 몰고 지구

반대편까지 가리라는 걸, 지금

입고 있는 옷 그대로 걸치고

지갑에는 잔돈 몇 푼과

땅콩 껍질뿐이라도 말이야

코드와*

네가 방을 나설 때마다 나는

걱정해

그리고 어쩌면 너는

내 머릿속의 상상이 아닐까

어쩌면 내가 네 머릿속의 상상이 아닐까 생각해.

---

* 'kodwa', 줄루어로 '하지만'.

그녀는 토마토에 시나몬을 뿌린다

어느 날 네가 그녀를 좋아한다는 걸 알았을 때
그녀는 자기 삶에 대한 얘기를 하고 있었고
거리에서는 술 취한 여자들이
싸우고 있었고
젊은 남자들이 하우스뮤직을
연주하고 있었고
이 와중에 무슬림들은
기도를 올리고 있었고
택시들이 그녀를 에워싼 채 혼돈의
원을 그리며 경적을
울려대고 있었고

그래서 그녀는 차분하고 침착하게 다시 안으로
들어갔고

그리고 너희 둘이 지금 있는 곳.

다른 도시,
다른 시간에는, 개들이
밖에서 짖어대고 있고
너는 입 뒤에 남은 그녀 이름의 느낌을
사랑한다.

그녀는 토마토에 시나몬을 뿌리고
당근에 흰 후추를 뿌리고
이상한 데 겨자씨를 얹어 먹고
아침식사로 와인과 얼음을 먹는다.

그녀는 한밤에 깨어
뜬눈으로 꿈을 꾸고
그래서 너는 도망치고 싶어질 때마다
두려움 없이 그녀에게 속내를 털어놓을 수 있다.

하얀 벽을 짚은 손가락들에
불안해지던 때가 있었다
그렇게 많이 기도하지 않던 때가
길거리의 남자들이 무슨 말을 할까
걱정하지 않던 때가

네가 너 자신이 아니었던 때가 있었다
너는 신이 보기에 혐오스러운 존재라고
저들은 말한다.
어떻게 그럴 수가? 너는 지금
그 어느 때보다
더 자주 신에게 말을 거는데.

그녀는 해파리와
행성을 스케치하고
망가진 흰색 파이프를 피우고

그래서 너는 그녀가 오랜 세월 연주했던
악기가 된 느낌이다.

너는 1센트 동전을 모아
저녁값을 마련한다, 거의 매일 밤마다
하지만 너는 행복하다.
정말로. 행복하다.

인정할게, 나는 늑대한테 끌려

네가 나한테 쓰는 뻔한 대사가 좋아
타닥타닥 불꽃을 튀기거든, 마술처럼.

너한테서 내 마음을 떼어낼 수가 없어
아무리
네 손을 불신한다 해도.

언제나 당신의 심장이 있을 것이다

침묵을 외치지 말라

너무 시끄럽게 소리치지 말라

닫힌 창문 밖에는 언제나 새들이 있을

것이다

바로 옆 거리에서 닫히는 차 문

고운 빗방울,

속삭임

고인 빗물에 찰박이는 발소리

어디선가 어떤 커플이

말다툼을 하는데

남자는 여자에게 닥치라고 하고

여자는 울며

헤어지겠다고 윽박지르고

남자는 좆도 신경 안 쓴다고 한다.

침묵을 외치지 말라

너무 시끄럽게 소리치지 말라

언제나 있을 것이다
인도에 흩어진 잔돈
바람에 춤추며 어디론가 나아가는
비닐봉지,
아무도 없다고 생각하고 기지개를 켜는
나무가.

언제나 있을 것이다
내가 무슨 짓을 했는데 그렇게
화가 났느냐고 물을 때마다
말하지 않는 당신의 모든 진심과
친구들 앞에서 내가 너무 많은 말을 했을 때
나를 바라보는 당신의 표정은.

평화와 정적을 찾아 너무 멀리 가지 말라
너무 멀리 도망치지 말라

시골도 도시만큼 시끄러울 수 있으니까
그 고요 속에서도 소란스러울 수 있으니까
그리고 어쨌거나,
언제나 당신의 숨이 있을 것이다
아무리 애써도, 숨 없이
살 수는 없고
숨을 피해 도망칠 수도 없다.
언제나 당신의 심장이 있을 것이다
더 열심히, 더 멀리
달려 도망칠수록
점점 더 강하고 시끄럽게 뛰는
당신의 심장이.

유산

결혼생활이 내 목구멍에 딱딱하게 걸려 있었어.
그가 말했다.
포옹이
내 목을 단단히 졸랐어.
봐, 아직 표식이 남아 있잖아.
그가 말했다.
들어봐, 나는 아직 숨을 쉬지 못하잖아.

수백 년간 나는 소유당했어,
그가 말했다.
이건 사랑이야. 하지만 나는 떠날 거야.
우리 아버지 또한
길고 어두운 동화였어.
지금도
앞으로도 그런 식이겠지.

사실은 그렇다

마지막으로 내가 아빠를 본 건 한 시간
사십칠 분 전, 그때 나는
뚜껑이 열린 관 속
시신에 최후의 눈길을 던졌다. 아빠의 안색은
칙칙했다. 딱 아빠처럼 보였다. 하얗게 센
머리, 넓적한 코, 검은 입술.
표정은 엄숙했다, 생전과
다름없이. 아빠는 우리를 보고 한 번도 웃어주지 않았다.

교회 집사가 내 귀에 대고,
중절모를 쓴 아빠가 얼마나 멋있었는지
한도 끝도 없이 떠들어대며, 유품은
어떻게 할 거냐고,
특히 분홍 펠트 리본을 두른 남색 모자는 어떻게
할 거냐고 물었다. 나는 꼭 연락 드리겠다고
약속하며 교회가 자선을 시작하기에

좋은 장소라는 의견에
동의했다. 그녀는 아빠의 훌륭한 겨울
코트와 초록색 캐시미어 스웨터를 내가
어떻게 처리할지 궁금하다고 했다.
자기 아들과 우리 아빠가
십중팔구 같은 사이즈를 입을 것 같다면서.

해리슨 부인은 언제나 눈치가
없었다. 내가 어렸을 때부터 부인은
교회 원로라는 이유로
면죄부를 받았다.
르마 캠벨이 뇌종양으로
세상을 떠났을 때, 해리슨 부인은
무덤 바로 옆에서 르마의 어머니에게
르마의 지팡이를 달라고 했다. 하필 다들
〈그 강가에 모이세〉를 부르며

삽으로 마른 흙을 떠서 관에
뿌리기 시작할 때였다. 그 지팡이는 아주
아름답고, 장식이 정교했으며
손잡이와 끝 부분이 금이긴 했지만, 그래도.

요즘 나는 항상 피곤하지만 잠을
이루지 못한다. 잠이 들면
이상한 꿈을 꾼다. 부모님이 두 분 다
살아 계시고
서로 고래고래 언성을 높이며
나한테 애원하고, 내게 잘못한 일들을
보상하려 하는 꿈.
"한 번에 한 사람씩이요." 나는
몹시 분노한 척 말하지만 쏟아지는
관심에 남몰래 기뻐한다.
"진정하세요, 두 분 다. 한 번에 한

사람씩이요."

이렇다. 실제로 일어난 일은 이렇다. 아직도
믿기지 않지만
사실은 이렇다.

설교가 끝났다.
마지막 찬송가가 울려퍼지고 목사가
모두 온 마음을 주님께 바치라
말했다. 우리는 기도를 하고
줄지어 선 사람들은
앞쪽에서 우리 아빠에게 마지막
조의를 표하고 있는데, 남동생 레비가
가서 관에 침을 뱉는다. 그리고
돌아서서 곧장 교회를
나가버린다. 가운데 회랑을

가로질러, 정말 아무렇지도 않게. 나는 레비를
쫓아 달려나갔다. 나는 레비의 차를 타고
런던으로 돌아가야 했고 어차피
아빠를 위해 더 할일도 없었다.

우리는 교회 밖에 세워진 레비의 하얀 BMW에
탔고 속도를 냈다. 서로 아무 말도 없었다.

우리는 런던으로 돌아가는 중이다.
어쩐지 자꾸만 아빠가 우리를
내쫓았던 일이 떠오른다.
이틀 후 엄마는 북부에서 우리가 살 싸구려
아파트를 구했다. 3월
중순이었고 내 여섯번째 생일이 막 지났을 때였다.
레비와 나는 부엌에
생쥐가 산다는 걸 알았다.

(사실 시궁쥐였지만

생쥐라고

생각하는 편이 나았다.)

그리고 머지않아, 우리는 그 집을 에워싼

농익은, 역한 악취를 의식하게 되었고

여섯 달 뒤에는 엄마와

떨어지게 되었다. 레비는

런던 남동부에 사는 테리

삼촌한테 가서 살고 나는

랭커셔 세인트앤스의 이모할머니

델레와 살게 되었다. 아무도

우리에게 그 이상 말해주지 않았다.

레비와 떨어지고 나서 나는

도무지 어떻게 살아야 할지 알 수가 없었다.

레비는 나와 다른 학교에 다녔고

통화를 할 때면 다른 말씨를
쓰기 시작했다. 그애는 머리에 나이키
로고 모양 스크래치를 새겼고 한쪽 귀에
피어싱을 했다고 말했다. 친구들이 아주
많다고 했다.
나는 친구가 별로 없었고
레비가 끔찍하게 보고 싶었다.
델레 할머니는 방과후에 아무
데도 못 가게 했다. 토요일이면 우리는
교회에 갔다. 나는 밤샘 파티에
가본 적도, 영화관에 가본 적도
없었다(델레 할머니는
영화관이 죄악이라고 믿는다). 나는
성경 구절을 암송할 수 있을 때까지 낱낱이 외웠다.
가끔 학교 친구들이
토요일에 부모님과 쇼핑을 하러

나왔다가 시장 광장에서 노래를 부르며
행인들에게 전도를 하러 나온
우리 교회 사람들을 보기도 했다.
우리가 복음을 전하거나 예수 재림에
관한 팸플릿을 나눠주려고 하면
사람들은 우릴 보고
비웃었다.

애기만 들으면 레비는 런던에서
무척 신나게 지내는 것 같았다. 나는
랭커셔에서 있었던 일들을
기를 쓰고 꾸며내서라도 거기에
부응하려 했다, 밤마다 쌀과
콩 요리를 먹고 델레 할머니가 난롯가에서
꾸벅꾸벅 졸 때까지 큰 소리로 성경을 낭독하는 건
말하지 않은 채. 한번은 델레

할머니가 목욕탕에서 미끄러져
허리가 부러질 뻔했는데 내가
할머니를 회복 자세로 눕히고
경찰을 부른 일 때문에 다음주
일요일에 주민센터에서 포상을
받게 됐다고 말했다. 레비는 감동을
받았지만 삼촌이 다시 전화를 걸어와
이것저것 캐물었다. 결국 들키는 바람에
흠씬 매를 맞고 일주일
내내 이층에서 성경을 읽고
집안일을 해야 했다. 레비가
나를 사기꾼으로 볼 거란 생각에
비참하기 짝이 없었다.
다음번에 레비가 전화를 걸어왔을 때 나는
울고 있었다. 나는 내 성경책을 잃어버렸고
델레 할머니한테 계속 칠칠맞게 굴면 천국에는

절대로 못 갈 줄 알라는 소리를

들었기 때문이었다. 레비는

물건을 잃어버리는 건 모두

무슨 미친 과학 탓이라서 어떻게 해도

피할 길이 없었을 거라며 달래주려 했다.

"다 엔트로피 때문이야." 레비가 설명했다.

"사물에 에너지가 많을수록,

엔트로피도 증가해. 엔트로피는 상태의

열역학적 기능이거든,

알겠지."

수화기 저편에서 나는 무슨 말인지도

잘 모르는 채 고개를 주억거렸다.

"있잖아," 레비는 계속 말했다. "누나 방안의

사물에 에너지가 있는 한,

언제나 혼돈으로 전락하게 되어 있어.

엔트로피를 제거하는 유일한 방법은

온도를 절대영도로 낮추는 것
뿐이거든…… 영하
이백칠십삼 도."

나는 그 이론을 델레 할머니에게 설명하려 애썼지만,
할머니는 과학적인 건 덮어놓고 싫어했다.
할머니는 나를 당장 주일학교에서
빼내 어른들만 다니는 교회에
다니게 했다. 그런
엉터리 같은 소리를 알아들을 만큼 다
컸으면, 할머니는 말했다. 기도를 이끌고
성경 공부 모임에 나가는 것도
할 수 있겠지.

한편 나는 한겨울에도
침실 창문을 활짝 열어두기

시작했다. 물론
온도가 절대영도까지
떨어질 리는 없겠지만, 조금 낮추는 것도
도움이 될지 모른다고 생각했다.
효과가 있었다. 몇 달 후, 성경책이
빨래바구니 밑바닥에서 나왔던
것이다.

델레 할머니는 내가 레비보다
훨씬 운이 좋다면서 레비는
요즘 엄마를 거의 못 만난다고 했고,
그러면서 레비가 테리 삼촌처럼
크지 않기를 기도했다. 삼촌은
돈과 백인 여자를 너무 좋아했고
재정적으로는 큰 도움이 되지만
그의 영혼은 여전히 구원이

필요하다면서.

그 시절에 엄마는 아주

말랐지만 여전히 예뻤다. 엄마는

스톤워시 진과 트랙수트 탑을 입고

곱슬곱슬한 파마머리에서 미장원

냄새를 풍겼다. 일요일에 가끔

놀러오곤 했다. 엄마와

델레 할머니는 부엌

문을 닫고 이야기를 나눴다. 그러고 나서 우리는

함께 차를 마셨고 델레 할머니는 과일 케이크를

내왔다.

나는 그런 일요일이 세상에서

제일 좋았다. 엄마는 매주 오겠다고 해놓고

오지 않았다. 하지만 엄마가 오는 날은

내가 제일 좋아하는 날이었다.

엄마는 결국 워싱턴과

엮였다. 몸에서 악취가 나는 무례하고

더러운 주정뱅이. 사실 그는

꽤나 매력적일 수도 있었다, 앞니가

하나도 없었다는 점만 빼면. 그래서

워싱턴이라는 별명이 붙게 된 거였다.* 그가

치과 치료를 잘 받고 술을 끊었다면

심지어 덴절**보다 더 잘생겼을

텐데.

델레 할머니는 우리 아빠를 좋아한 적이 없지만

어쨌든 장례식에는 왔다,

제일 좋은 모자를 쓰고서. 할머니를 자주

찾아뵙지 못했던 나는 죄송스러웠다. 할머니는 아직

혼자 살지만 도우미가 있다. 나는 전화도

---

* 조지 워싱턴은 젊은 시절부터 충치가 심해 남아 있는 치아가 거의 없었다.
** 미국 영화배우 덴절 워싱턴.

자주 드리지 않는다. 원래 사는 게 다

그렇다. 레비와 나, 우리는 어젯밤 할머니 댁에서

하룻밤 자고 장례식에 왔다. 나는

몇 년 만에 그곳을 찾은 참이었다. 우리는

참돔 요리와 만두를

오래된 버들무늬 식기에 담아 먹었다.

할머니는 우리를 위해 로열 웨딩

접시를 꺼내주진 않았지만 그래도

애플 크럼블을 오븐에

데워주었다. 그 집안은 별로

달라진 게 없었다, 오래된 텔레비전이

최신 모델로

바뀌었을 뿐. 반짝이는 검은색

새 텔레비전은 집안과 어울리지

않았다. 할머니는 아주 늙은 노인이 되어가고 있다.

전화를 해도 받는 사람이 없을 때가

오리라는 걸 안다. 그래서 나는
의무감 때문에 사 주에 한 번 전화를 한다.

우리는 힘을 잃어가고 있다.

레비는 갓길에 차를 세우려
한다. 나는 불안하다. 다시 남부로
돌아가고 싶다. 북부는
심란하다. 귀청이 떨어져나갈 것 같은 침묵과
스트레스 가득한 권태.
심심풀이로 할일도 없고
사위가 뒈지게 조용해지면 위험한 짓을
할 여유가 생긴다. 이를테면
생각이라든가.

레비에게 차에 무슨 문제가 있느냐고 묻자

그는 아무 문제 없다고

한다. 다만 느낌이 좋지 않다면서.

레비는 갓길에 차를 세우고

나는 걱정이 된다. 심장마비나

신경쇠약은 아니기를

바란다. 정신 멀쩡한 사람이라면

죽은 사람 관에 침을 뱉고 다니지는

않는 법이다. 그래서 나는 숨이 차거나

정신이 혼미하지는 않은지 물어본다.

레비가 말한다,

"아니, 그냥 엄청난 느낌이 들었을 뿐이야. 그 왜 벽에

못박힌 듯 미칠 것 같은 느낌

있잖아, 어떤 자세를 취해도 아프기만 한 거."

요즘 들어 늘 그랬다고 한다.

이제 아무도 남지 않았고

우리 둘과 델레 할머니뿐이라는 느낌.

하지만 할머니는 늙었고 할머니에게는 예수님이 있다. 그
런데
우리는 요즘 예수님을 찾을 여유가 없었다.

"네가 말하는 그 엄청난 느낌
있잖아." 내가 말한다. "난 그게 비애인 것 같아. 상실감."
레비의 정신이 위기에 대처하는 방식이라고
말하면서도, 나는 레비의 내면에 대해서는
아는 게 하나도 없다. 알았다면 왜 레비가
이 년에 한 번밖에 전화하지 않는지도
알아냈을 것이다.
레비는 기침을 하고 내게 그 소식을 듣고서
울었느냐고 묻는다. 나는 엄마가 죽은
후로는 무슨 일이 있어도
울지 않는다고 한다. 우리 동생이 진실을 말하려
그렇게 심각해지는 데 약간 불편한 기분이 든다.

이제 와서 레비가 그러기 시작하면
너무 이상할 것이다.
레비는 떠나서 미안하다고 말한다. 방금 전
얘기를 하는 거라는 걸, 나를 교회에
그렇게 두고 나와버려서 미안하다는
얘기라는 걸 안다. 하지만 나는 여섯 살 때 내가
레비를 잃었던 그때 얘기였으면 하고 바란다.
레비는 런던으로 돌아가야만 해서
어쩌고 중얼거리며 금세
다시 시동을 걸 것처럼
행동하는데 역시나 그것도 좋은 생각이다. 왜냐하면
여기 이렇게 주차하는 거,
위험하고 법에도 어긋나지 않나?

레비는 서른보다 더 나이가 들어 보인다.
나는 레비에게 다시 말을 걸 수 있으려면

시간이 좀 흘러야 한다는 걸 알고

이러면 안 되는 것도 알지만

이렇게 됐다.

맙소사, 우리 정말로 출발해야 한다. 우리 둘 다

바쁜 사람들인데, 여기 이러고, 아직도

갓길에 세워둔 차 안에 앉아 있다니.

전면 차창 밖을 빤히 바라보며,

눈알이 빠져라 울지도 않으면서.

만병통치약

내가 귀신 들린 사람 같다고 네가 그랬지.
새벽 세시였고 너는 아직 내 살갗 아래
폭풍우를 실은 구름 냄새를 맡을 수 있었어.
사랑을
나눈다고 우울을 가라앉힐 수는 없어.
하지만 우리는 노력했지.
하지만 우리는 노력했어,
아, 정말로 노력했지.

정신건강

만일 네가 생선 통조림과 콩 통조림으로

침침하면서도 선명한

통로를 걷다가

대부분의 것들이 헛되다는

깨달음을 안고

머리 위로 막대 형광등이, 발아래로는

금이 간 타일들이 있는 통로를 걷다가

갑자기 모든 걸 끝내고 싶다는 충동에 휩싸이면

발길을 멈추지 말라. 친구에게 전화를 걸어라.

어머니가 있으면 어머니에게 전화를 걸고

어머니의 말이 참을 만하면,

생선 통조림과 콩 통조림의

가격 얘기를 경청하라.

시간 안내 서비스에 전화를 걸어라.

몇시라고 알려주건

모든 게 변해야 할 때라는 걸 알아라.

빌어먹을 통로를 떠나라.
단것, 감자튀김, 술,
속성 사랑이나 복권을 파는 데는
얼씬도 하지 말라.

바깥에 있는 사람들을
네 내면보다
공허한 가로수길들,
네 내면보다 어두운 하늘을 보아라.
직접 확인하라, 다른이의 말을
들어봤자 아무 소용이 없으니.
만일 네가 '도시를 미친 듯
뛰어다니는' 그런 부류의 사람이라면,
전면이 유리로 되어 공기가 모자라는 빌딩,
높은 빌딩에서 뛰어내리는
사람이라면

만일 네가 망가진 이야기를 바로잡지 못하고 있다면,
텔레비전 채널과 인스턴트 음식에 둘러싸여
고층빌딩에, 위험천만하리만치
저조한 상태로 너무 오래
갇혀 있었다면,
비스킷도, 초콜릿 디저트도,
케이크와 와인도 충분하지만
아무리 멀리멀리 찾아봐도 사랑은 없다면

오늘 출근하기 위해 일어나지 않았고
오후 몇 시간째
정적 속에 깨어 있다면,
식어가는 진한 타르 연기가 흔들리듯
숨을 들이쉬고 내쉬는 법 외에
아무것도 기억하지 못한다면,
기도로 해를 끌어내리며

나중을 기하고 있다면,

그 빌어먹을 침대에서 나와라.

빌어먹을 벽을 닦아라. 창문 틈을 비집어

열어라

비가 오더라도. 눈이 오더라도.

바깥에서 울리는 교회 종소리를 들어라.

종소리가 아무리 여러 번 울리더라도

네가 이뤄내야 할 변화의 수 절반밖에

되지 않음을 알아라.

죽으려고 애쓰는 짓은 그만둬라. 여기서 네 복무기간을

채워라.

형기를 채워라.

냉장고 청소를 하라.

두유를 내다버려라. 두유는

아이들의 눈물로 뽑아낸 음료다. 식탁에
꽃을 놓아라. 계량컵에 꽃을
꽂아라. 생야채가 있다면
썰어라.
배가 고픈데
무엇이 고픈지
모르겠거든, 대개는, 그저
사랑에 목마르고,
그저 따분할 뿐임을 알아라.

네 몸속의 피가
흐르기 지겨워할 때,
네 뼈가 무겁지만
속은 비어 있을 때
네가 서른 넘은 나이까지 살아 있다면
축하하고

아직 서른이 되지 않았다면,
기뻐하라. 흙먼지가 가라앉고
무늬가 모여 그림이 되는 때가
네 삶에 찾아온다는 걸 알아라.

도시를 꿈꾸지만 시골에
산다면
빌어먹을 암소의 젖을 짜라.
빌어먹을 양들을 팔아라.
소와 양도 네가 잘되기를 빈다는 걸,
우유갑에 실릴 사진을 위해 포즈를 잡으면서도
누군가의 꿈 첫머리에서
머릿수가 세어지며
푸르른 언덕을 뛰어내려가면서도
그런다는 걸 알아라.
보라, 그들이 네 발목을 잡은 적은 없다.

너였다, 너뿐이었다.

코

이론적으로는 완벽히,
내 기억에서 너를 지워왔다.
여전히, 내 얼굴 한가운데는
죽어도 말을 듣지 않는다.

나는 답 없이 망가졌다. 머릿속 산들바람 때문이겠지만.
삼 년. 나는 우리 사랑에 너무 품을 많이 들였다.
삼 년
그런데 네 체취의 문제는 도무지 답이 없구나.

무시무시하고 복잡한 일이다. 나의 다섯번째 감각은
잠복해 있다가 기습해온다. 베이커리, 감자튀김가게,
꽃집, 쇼핑센터,
가죽용품가게를 지나친다

랭커셔의 아침은 아직도 늘 너와 같은 냄새가 난다.

지난주에 나는 해외에서 폭풍우에 갇혔다. 비
냄새에 돌아버렸는지
네 손길 외에는 아무것도 느껴지지 않았다.

이제 집에 돌아와 화덕에 불을 붙인다. 요즘은 요리책을
보고
새로운 요리를 한다. 이제 네가 떠났으니 나는 고기를
구울 수 있다.
네가 틀림없이 싫어할 향수를 사서
네가 자던 쪽 침대에 뿌린다.

여전히
너는 내가 해독할 수 없는 손짓들 속에서 인사를 건넨다.
어젯밤에는 꿈속에서 네 냄새를 맡았다. 이젠 기억에
새겨진 흔적에 불과하지만 나는 그 상실을 잊지 못한다.

나는 너를 아름답게 꿈꾸었다.

너는

전혀 아름답지 않았는데. 하지만

삼 년

나는 내 살갗에서 너를 깨끗이 씻어낼 수가 없다.

문제

나는 열심히 찾아다녔다, 다름 아닌 나의
죽은 부모를
내 아버지의 키를 가진 여자들에게서
내 어머니의 생김새를 닮은 남자들에게서
거의 무의식적으로
별 소득 없는 채로.

나는 우리 몸이
누군가를 좋아할 때
내는 소리를 좋아한다.

나도 사랑이라는 단어를 사랑한다,
정말로 사랑한다
집에서 멀리 나와 있을 때만.

지금은 금세 지나갈 거야

네가 지금 그걸 한다고 해서
언제나 그럴 거라는 뜻은 아니야.
흙먼지에서 춤추든
빛을 들이마시든
너는 결코 똑같은 네가 아니야,
두 번은.

그녀를 사랑하는 이유와 방법

I

왜냐하면 그녀가, 당신처럼, 매정한 거짓말로
길러졌고 이 거인 같은 여자가
제 온몸을 접어 작디작은 네 몸속으로 들어오면,
당신은 영원히 그녀를 지켜주고 싶어지기 때문이다
—과거의 모든 것과 미래의 모든 것으로부터 안전하게.
당신은 그녀를 데리고 그녀를 아프게 하거나 아직도 아프게
할 수 있는 모든 것으로부터 도망치고 싶다

왜냐하면 그녀와 당신 둘 다 아빠의 목소리를
모르기 때문이다.
당신은 그녀 아빠의 이름과 성을 알고
그녀 아빠가 태어난 나라라든가
당신 아빠의 강아지 같은 눈빛이
어머니의 고집을 단칼에

잘라버렸다는
소소한 사실들은 알지만
검은 피부의 명도나 네 손이
그의 손에 닿는 느낌은…… 그저
짐작만 할 뿐이다

왜냐하면 당신은 그녀와 당신이 같은 사람일지
모른다고 농담을 하기 때문이다…… 그러면 너무나
많은 게 설명되고 당신은 불법적인 존재가 되겠지만,
몇몇 최고의 사랑들은 그랬으니까

왜냐하면 당신은 그녀가 말해주기 전에 이미
그녀의 과거를 알았기 때문이다―그것들은 모두
당신이 저질렀던 실수이기도 했다, 다른 마을에서
열여섯 살에 성인 남자들과 저지른 실수들
그중에는 아내가 있는 남자들도 있었다

왜냐하면 당신의 몸이 언제나 어린 자아를
배신했기 때문이다―그래서 풍겨서는 안 될
체취를 풍기게 만들고, 아직 어려서 어울리지도
않는 향기를 주고,
남자의 무게나, 가슴앓이나, 아기를 감당할
나이도 못 된 채로
여자의 일을 하게 만들었기 때문이다. 이것이
당신이 그녀를 사랑하는 이유다.

II

그래서 당신은 양팔을 쭉 뻗어
그녀를 안아주어야 한다.
이미 당신 안에 그녀가 너무 많이
들어왔다고 치자. 더는 감당할 수 없다는

기분이 든다고 치자. 그녀에게 안 돼, 물러서,
아파, 라고 말하라.
그녀 때문에 겁이 난다는 것을 알고
당신이 늑대의 삶에 너무 익숙하다는 걸 알아라
새로운 나라에서 초승달을 보고 울부짖으며
매번 귀소본능에 놀라워하는 외로운 늑대의 삶.
그녀가 모든 걸 뒤로할 때의 안도감을
알게 하라. 네가 그 아픔을 안고 자라났다고
말하라. 네가 돌아올 거라고 말하라.
보러 올 거라고. 진심으로 하는 말이라고.
다른 이와 함께 할 때의 그녀가 더 낫다고 말해줘라.
한곳에 머물면서 집을 짓고
가만히 있는 법을 아는 그런 사람.
그녀의 엄마 노릇은, 익숙해질 게
못 된다는 걸 알아라. 이미 여섯 살 때부터 당신은
거기에 의지하지 않게 되었다고 말하라.

장래에 당신보다 나은 누군가와
행복해진 그녀를 보아라. 그 느낌에
속이 메슥거리겠지만, 그래도 알아라.

q

네가
너 자신과 결혼했다면
너 자신을 떠나지 않고 살 수 있을까?

그 집은
끔찍한 광란의 도가니일 거야.

또 화요일

확실해
네 다리에만 해도
수백만 가지 이야기가 있다니까

한 남자가 한 소녀에게,
속옷을 추스르고 회색 양말을
신으며 말한다.
난 아내를 사랑해,
바지를 입으면서
말한다,
그저 불꽃이 필요했을 뿐이야,
살짝 몸을 떨며 말한다.
너 같은 그런 불꽃.

12월이다.
소녀는 고개를 끄덕이며 생각한다

그곳에 서서
번들거리며, 자기 잘난 맛에 절어
가족이 있는 집까지 3킬로미터 거리를 운전해 가려는
그가 뭔가 다른 것으로 보인다고.

소녀에게는 단칸방이 있고
인생에 대한 건강한 꿈이 있고
기다란 갈색 다리와 사람을 빠져들게 하는
눈이 있다.
소녀 안에는 슬픔이 너무 많지만
젊음도 너무 많아서
그다지 티가 나지는 않는다, 아직은.
참 이상하게도
종종
아름다움은 또다른 형태의 감옥이다.

하지만 어쩌겠어?

남자는 100파운드를 고스란히 지불하고

솔직히 그게 필요할 때는 정말로 필요한데.

소녀는 학교에서 공부를 잘했지만

머리가 크고 생각이 많은 건 오히려 문제다

아무도 그 생각을 요구하지 않는다면.

생각은 골칫거리가 되어,

언제나 네 곁에서 함께 달리는

유령의 삶을 상기시키니까,

네가 누릴 수도 있었을

실체 없는 삶

이를테면 집이 집답게 편안했다면

네가 성장기를 보낸 동네의 모든 이들이

정신을 놓지 않았더라면.

더 강한 약 같은 게 존재하지 않는다면

부엌에서 마법의 묘약을 만들 수 있다면

누가 마리화나를 필요로 할까

그것이 너를 금성에 데려다주거나 금성에 보내준다면,

네가 명치가 아프거나

구역질이 나거나

말하는 법을 잊은들

무슨 상관이 있을까

너의 혈관이 너를 바다로 데려다준다면.

그래서 소녀는 팔뚝을 걷어 내밀고

틈새 속

삶의 어여쁜 곳에서 길을 잃는다

그 뜨거운 습곡으로 녹아들어가면

화요일이 목요일이 되고

밤은 더이상 찾아오지 않고

밤은 없고

그저 짙은 청색 담요에

흩뿌려진 별의 시時와

따뜻하게

에워싸인

금테를 두른 분分만 있다.

그곳에서는

아무것도 너를 찌르지 않는다.

그 무엇도.

성공

"나는 이백 점짜리 연인이고
그래서 늘 골치야,"

너는 웃음을 터뜨리지만
아무도 속지 않는다
심지어 너 자신도

그래, 너는 미인이지. 그래
사람들은 너를 원하지만
처음뿐이야.

네 재능이 네 인생을 다 망친다니까.

그래. 너는 눈부셔
그래
너는 돈을 벌 거야

하지만 너무 많이
그리고 너무 빨리 벌겠지.

그래. 너는 부자가 될 거야
하지만 현금만 많겠지.

세계에서 가장 큰 거북이

"오늘 세계에서 가장 큰
거북이가 남아메리카에서 발견됐대."
한 손으로
내 뒷목의 뭉친 근육을 마사지하고
다른 손으로
장화를 벗으며
네가 말했다.
"그걸 치우려고 화물트럭 같은 걸 동원해야
했나봐, 상상이 가니."
나는 아무 말도 하지 않고 네가 이해하는
모든 것들과
네가 이해하지 못하는 모든 것들을 생각한다
이를테면 나는 영원히 너를 사랑하겠지만
십중팔구 네 바람과는
몹시도 다른 방식으로 사랑할 테고
너는 새로운 사람을 만나

함께하게 되는 것처럼. 그래야 마땅하고.

어쩌면 그 남자 혹은 여자는

뒷목이 잘 뭉치고

하등 쓸데없는 것들에 열정을 품고

곁에서 떨어지지 않는 재주가 있을지 모르는데

정말이지, 나는 벌써 네가 그리워.

다 끝났으니 말인데

그녀는 출퇴근하는 기차에서
내 생각을 하며 운다고
언젠가는 나아지겠지만 지금은
전혀 나아지지 않았다고 말한다.
그녀는 꼭 우리 엄마 같지만, 살아 있다.
조용히, 완전히
사랑하는 법을 안다.
흑인 여자한테는 사람의 심장을 꼭 붙드는
무언가가 있다.

얼마든지 곁을 떠날 수 있지만 도저히 오래
떠날 수가 없다.

사랑이 아닌 것

그것은 5성급 호텔이 아니다. 칭찬이

아니고 절대 아첨이

아니다.

그것은 견고하다. 달지 않지만 언제나

영양분이 많고

언제나 풀잎이고. 언제나 소금이다. 가끔은

모래다.

그것은 지금이고 끝까지다. 결코

입으로만 하는 게 아니고, 결코 조금이 아니다

그것은 풀 서비스다

그것은 많다

지나치게 많고 실제이며

결코 예쁘거나 청결하지 않다. 악취가 난다―멀리서도

맡을 수 있는 악취가

그것은 무게다

그것은 무게고 가끔은 너무 무거워서

기분이 나쁘다. 그것은 불편이다―영화에서
말하는 것과 다르다. 노래들만이
그것을 제대로 표현한다
그것은 불규칙적이다
그것은 어렵다
그리고 언제나, 언제나
놀랍다.

몸

솔직하게 털어놓자면,

네가 그래야 한다고 하면,

오후, 저녁, 밤, 내일 내내

너와 함께 있고 싶어

네 몸 위에 내 몸을 빈틈없이 꼭 붙이고 누워서

누구의 배에서 어떤 소리가 나는지

이렇게 쿵쾅거리는 게 누구의 심장인지 모르게 된

채로 내 가슴의 땀이 네 건지 내 건지 우리 건지

모르게 될 때까지.

이해하려면 이십 년이 걸리고
간이 망가지는 것들

1.

진실은 아름다움이다, 예쁘건 예쁘지 않건.

사랑은 반드시 머물러야 한다는 뜻은 아니다.

가끔 진실은 네게 강타를 날릴 수밖에 없다, 두 번.

사랑은 반드시 머물러야 한다는 뜻은 아니다.

2.

봐, 아무도 네 스스로를 조심하라고 경고해주진 않아.
네 눈의 핏발.
네 입의 덫.

결국 네게 가장 큰 상처를 주는 사람은
너일 거야.
대체로 언제나, 너.

자신을 용서하는 법을 배우는 게 좋아.
즉시 너 자신을 용서해.
죽을 때까지 이 기술이 꼭 필요할 거야.

3.

그 소녀가 하루에도 수없이 변덕을 부리는 날씨라면
경솔히 그녀에게 다가가지 말라.
네 감각들이 살아남지 못할 것이다.
미등, 전조등,
안개등을 켜고서
와라, 텅 빈 채 가라
너의 좋은 점들을 다 빼놓고
그녀에게서 줄행랑을 치면서
넌 잘못한 게 하나도 없다고 생각하면서.

네가 미소를 지을 때면,
무엇 때문일까 궁금해하면서,

피.

4.

사랑은 세이프 워드*가 아니다.

하지만 결국 너를 죽이는 건
안전한 것들이다.

---

* 'safe word'. 말 그대로 '안전한 말'이라는 뜻도 있고, 사도마조히즘 섹스
에서 도를 넘어갈 때 쓰는 신호이기도 하다.

5.

너는 두려워할 수조차 없을 만큼 많은 걸 잃게 된다.
너는 네가 말하지 않는 모든 것에 질식할 수도 있다

그리고

네가 아니라고 말해야 하는데 좋다고 하는 경우에 대해
우리 얘기 좀 해볼 수 있을까?

6.

네게는 슬픔을 원하는
부분들이 있다.
그것들을 찾아내라. 왜냐고 물어라.

7.

해내라.
그러지 않으면
비극이 될 것이다

그러고 나서는

다른 모든 것.

하늘
그리고 다른 모든 것.

입술노래*

어떤 연인들은 입으로 너를 본다
똑바로 선명하게 네 입을 보면
네 이야기가 나온다,
흘러넘친다.

---

* 'lipsing'은 한 단어로 '키스하기'라는 뜻이나 원문의 'lip'과 'sing'의 의미
를 모두 살리기 위해 '입술노래'로 옮겼다.

폭로

어느 날 네게 과거의 나를 말해줄 거야.
너는 두려워하겠지.

안식일

교회에 오기에는 치마가 너무 트여 있다.

장로들이 매섭게 노려본다.

너는 딱 네 엄마 딸이야.

늘 의도는 좋아도 결과는 모자라지.

요즘 엄마는 어디 있니?

의미심장한 표정으로

물어온다.

너는 그들에게 아무 먹이도 주지 않는다.

너는 말한다,

이번주에는 파리에 계시다가, 이탈리아로 가세요.

그들은 말한다, 아, 좋겠구나

입으로는.

하지만 공기가 나머지 말들을 다 해버린다.

너는 개의치 않는다.

모두들 네가 엄마의 얼굴을 가졌다고

여러 문을 열어젖힐 얼굴이라고 말한다.

심지어 잠긴 문들도. 특히 잠긴 문들을

그래서,

교회에 오기에는 치마가 너무 트여 있다.

하지만 헌금 상자는 너의 것이다.

영화배우 같으세요,

자리 안내하는 사람이 말한다.

여기 앉으세요. 바로 여기요. 편안히.

세계의 종말은 아니지만, 거의

그날은 최고의 날은 아니었다. 특히 내
머릿속에서는. 나는 차분하게
비 내리는 산비탈에서 뛰어내릴
생각을 하고 있었다
팔을 쭉 앞으로 뻗어
이 삶을, 이 텅 빈 공간을
마지막으로 껴안고서
마치 사고처럼 보이도록. 소금기가 눈앞을
가리고 며칠 동안 먹은 것도 없지만
정신은 블랙컨트리* 창공의
아침 공기보다 맑았다.

나는 말했다,

---

* 잉글랜드 중부의 중공업지대.

억하심정은 없어, 환하고 단단한 세상아

하지만 어쩌면

어쩌면 단지 네가 나한테 맞지 않는지도 몰라. 어쩌면

나는 너무 팽팽하게 잡아당겨져 있어서, 네게 너무

깊이 짓눌려 있어서 이 모습을 유지하려면

쥐가 날 수밖에 없나봐. 어쩌면

그저 네 숨이 너무 차가운지도 몰라.

그저 인간 본성이 너무

변덕스러워서 이해를 못하는 거일 수도 있고

더구나 사람들 말처럼 무지개가

그렇게 좋은 것도 아닌데 왜 비가 그칠 때까지

매달려 있어야 하는 거야?

그게 내가 당신을 본 순간이다.

눈길이 마주치고, 번개가 번득이지는

않았지만 나는 혼자 생각했다. 대체

오월에 사슴무늬 스웨터와 빨간색 반바지를 입는 사람이

어디 있담? 어쨌든 당신은 친절해 보였고
해가 얼굴을 살짝 내밀고 있었고
하늘은 아직 어두웠고 아직
부슬비가 흩뿌리고 있었지만 누구나 조금의
친절은 필요하니까.

당신은 입꼬리가 아래로 처지는
미소와
그런 온화한 눈빛을 지녔다.

그 온화한 눈빛이란.

우리는 언덕 위 차 안에 앉아 모래사장이
바다를 만나는 곳을 내려다보고 있었는데
비가 모래사장과 바다를 한꺼번에 강타했고 나는 (몹시
절박하게, 몹시 이기적으로) 말했다. 차를

몰아 나와 함께 바다로 뛰어들어요, 딱 한 번이면
끝이에요.
당신은 정반대 방향으로 빠르게 달려
무너진 벽돌과 돌로 축복받은
장소로 가서 말했다, 여기는 옛날
내가 어린 시절을 보낸 집이에요, 그리고
나를 태우고 차를 더 멀리
더 멀리 몰아
산비탈에 안전하게 자리한 보라색 집에
데려가 말했다, 봐요,
언젠가 여기가 우리집이 될 거예요.

그곳은 완벽하지 않았다. 지금도 마찬가지다. 나는 아직도
감히 지금 포기하기만 해봐요, 라고
당신이 말하기도 전에 후다닥 시스템을
종료해버리고 싶은 날들이 있고

그리고 당신은 아직도
생꿀에서조차 단맛을 느끼지 못하는 날들이 있고
우리 둘 다 피임약은 믿지 않는다.
내가 당신에게 키스하고 싶어 몸이 달아도
당신 입은 시큼하고 내 생각은
쓰디쓰고 나는 화가 나고, 그냥 미치겠고, 그냥 다
돌아버리겠는 날들이 있지만
우리는 서로의 홈 스위트
홈이자 사랑.
가끔 지붕의 나사못이 너무 세게 조여져 있고
우리집 벽이 조금 답답할 때가 있지만, 맙소사,
그래도 항상 따뜻한걸.

수표 승인을 기다리며

공황에 빠지지 않는 법만 기억하면
이 얼마나 이상하고 낭만적인 시간인가.
돈 때문에 돌아버릴 뻔한 적이
몇 번이던가?
그릇에 뿌려넣을 향신료만 있으면
되는데
빵 같은 걸 만들 밀가루만 있으면
되는데
어쩌면 어둠 속에 함께 누울
누군가도.
만질 수 있는 누군가의 손도.

a

네 아버지가 오늘 아침 돌아가셨다.
나는 황급히 슈퍼마켓에 가서
전화카드를 사고 런던 남부행
버스 아래층에서
남아프리카로 전화를 건다.

네 목소리는 네 덩치보다 작게 들린다.
"나 치마 입고 있어," 네가 말한다. "상상이
가니?"
나는 상상이 가지 않는다. 생각나는 말은 모두 너의
언어다
아 하느님, 응기야쿠탄다*.
맙소사,
널 얼마나 사랑하는지.

---

* 'Ngiyakughanda', 줄루어로 '너를 사랑해'.

너는 오래 통화할 수 없다
네게는 함께 달콤한 차를
끓이고 앉아 있어야 할 가족이 있고
시중들어야 할 어머니가 있고
비닐과 포일로 포장해 데우거나
보관해야 할 음식도 있다

"알았어," 나는 캠버웰
정류장에 다 와서 말한다. "언제 전화 걸면
좋은지 알려줘."
나는 전화를 끊는다.

하늘은
비를 뿌리려 애쓰고 내가 할 수 있는 말은
너의 언어뿐

부서진 행으로

죽은 공간으로.

아 하느님.

응기야쿠쿰불라*.

미치겠다,

네가 너무 보고 싶어서.

---

* Ngiyakukhumbula. 줄루어로 '네가 그리워'.

어떤 부류의 남자

그는 계속 변명하려 했다. 그가 처음
변명했을 때 그녀는 이해하지 못했다.
그가 다시 변명했을 때 그녀는
이해하고 싶지 않았다. 그가 더 말하려
할수록, 그녀는 더 알고 싶지
않아졌다. 그에게선 뭔가
독하고 달콤한 냄새가 났다. 향수. 술은
아니고.

"믿어줘." 새뮤얼은 빌었고,
그가 그 말을 내뱉자마자 그녀는 다시는
그를 못 믿을 것만 같았다. "네가
생각하는 그런 거 아니야." 그 부분은 그가
옳았다. 그녀가 지금껏 해본
그 어떤 상상도 훌쩍
뛰어넘었으니까. 그녀는 죽을 것만

같았다. 너를 배신한 사람,
알고 보니 처음 생각했던 것과는
전혀 딴판인 사람과의
최악은, 아직도
심장에 느껴지는 그를 향한 사랑,
네 마음속 비좁은
틈새 깊숙한 곳에 박혀
없애버리려 해도 손이 닿지 않는
사랑이다.

그가 말했다. "정말 미안해. 정말, 정말 미안해.
네가 생각하는 그런 거 아니야."

그녀는 그의 뺨을 철썩 때렸고 그가
가만히 서서 맞을수록
더 힘없이 무너져 눈물을 흘렸고

더 그를 사랑했고 더 그를
이해할 수 없었다.

하지만 그가 어떤 부류의 남자인지는
모두가 알았다. 그는 당신이
한밤중에 거듭 찾아온
모기에 물려
손가락 마디와 다리와 턱이
가려워 잠에서 깨면
차가운 연고를 피부에
발라주며 "쉬잇, 자기,
이제 괜찮을 거야"라고 속삭이는
그런 남자였다. 혹은 욕지기가
올라오는데 토하는 게 무서워
울면 한 손으로는 몸을
꼭 잡아주고 다른 손으로는

머리카락을 어루만져주는, 열이

난다고 하면 체온을

재어주고, 샌드위치의

딱딱한 테두리를 잘라주고

아침마다 뮤즐리에서 그녀가 좋아하지

않는 살구 조각을 모조리 골라내는

그런 남자였다. 도저히 현실이라

믿어지지 않을 만큼 좋았는데 언제나 꼭

성자 같던 그 행동들이

그녀를 추락으로 이끌었다니.

미리 알아차려야 했는지도 모른다.

정말이지, 일찌감치 알아차려야 했다. 그녀는

그의 어머니 탓으로 돌리고 싶었다. 그의 누이들

탓으로. 누군가 다른 사람 탓으로. 그녀는 이런

일들이 ― 악마의 작업이 ― 일종의

시험이라는 생각이 들었다. 즉시
대처해야만 한다.

엿새째 되던 날 저녁이었다.
달력에 따르면 일몰은
사십오 분 뒤였고
그전에 할일이 너무
많았다. 그녀는 이번주
성경 공부 노트에 그어진
줄마다 뭔가 꽉꽉 채워 쓰고
싶었다. 기도. 남성성에 대한
무언가. 상실에 대한
무언가. 하지만 아직 너무 선명했다. 그녀는
그가 우는 걸 그날 저녁에 처음
보았다. 그는 미안하다고,
거듭거듭 말했다. 자기한테 필요한 건

오로지 그녀뿐이라고 끊임없이 말했다.

해야 할 일들이 있었다.
그날 저녁 해질녘까지 그녀는 무릎을
꿇고 기도했다. 안식일이
다가왔기 때문이다. 교회에
싸갈 점심 도시락을 챙겨두었고
그들의 아들은 침대에서 예수님과
우주선 꿈을 꾸고 있었다.
지금 그녀에게 그 일은 무슨 의미일까?
그들은 다음에 무엇을 할까? 아이 아빠가
거기 계속 살도록 내버려둬도
괜찮을까? 그녀는 그 생각에 죄책감이 들었다.

그 일이 일어난 직후, 새뮤얼은 차에
올랐다. 어디로 가는지는 정확히

알 수 없었다. 한참 차를 몰았다. 노변에서
수프를 좀 먹었다. 지금 당장 갈 곳은
베니네 집밖에 없다고
결론을 내렸다.
감히 자기가 무엇을 잃었을까
생각할 용기도 없었다. 무슨 일이
벌어졌는지 차분히 생각해보려 할 때마다
숨이 가빠지고 관자놀이가
욱씬거릴 만큼 쿵쾅거렸다.

문을 열어주러 나온 베니는
아무 말도 하지 않았다. 옆으로 비켜서서
새뮤얼을 들여보내주고는 말이 없었다,
종이봉지에 대고 숨을 쉬어야
하는 거 아니냐는 말과 스카치를
마시겠느냐는 말 외에는. 새뮤얼은 술은

사양했지만 봉투는 받았다. 베니는
뒷방 침대에 앉아 벽에 걸린 거울만
무섭게 노려보고 있는 새뮤얼을
두고 나가버렸다.
잠시 후 새뮤얼은 베니가
부엌을 돌아다니는 소리를
들었다. 휘파람을 불며 현관을 비로
쓸고 있었다. 그는 피곤했다. 텔레비전소리가
들렸다. 이 일로 금식기도를 해야 할까
고민했다. 그러나 이미 심장이 약해지고
기력도 쇠한 느낌이었다.
시야가 흐렸다. 그는 모든 걸
제자리로 돌려놓으려면
지금부터 뭘 해야 할까
고민했다. 하지만 제자리가 있긴 했던가?

베니는 텔레비전을 응시하고 있었지만
보고 있지는 않았다. 그는
뒷방에 있는 남자와 관련된 정황을
생각하고 있었다. 그러니까 그 남자의
아내와 어린 아들 말이다.
앞으로 어떻게 될까 생각했다. 과연
그녀가 말하려 할까. 그러고 보니, 그는
새뮤얼이 그녀에게 어디까지 말했는지
몰랐다. 어째서 이 일이 이렇게까지
큰일이 되어야 하는지 모르겠다고 생각했다. 그가
더 용감하고 자기 사생활을 그렇게
귀히 여기지 않았다면 ─ 그가
더 젊고, 더 분노했다면, 운동가가 되었을지도
모른다. 자기표현은 까다로운
문제다. 오랜 세월이
지나고 간신히 자신과 화해하기

시작할 때, 그때는 또 남들에게
자기 자신을 정당화해야 한다.
베니는 새뮤얼이 마음의 준비가 되면
뒷방에서 나올 거라 굳게 믿었다.
실눈으로 줄곧 텔레비전을 보면서 이리저리
돌아다니는 사람과 형태들을 흘겨보고
텔레비전 수상기와 금속 외관과
선의 모서리들을
노려보며 꿈을 꾸기 시작했다.

그는 언제나 자기가
원하는 바를 알았지만 참을성 있게
아버지가 죽을 때까지 기다렸다. 그의
아버지는 죄악이라 불렸으리라. 대부분
사람들이 여전히 그렇지만 그의 도움을 받은
사람들은 대체로 사생활을 사생활로

지켜주었다. 그는 새뮤얼이 뭐라고 했을까
궁금했다. 그리고 새뮤얼의 아내가 내일
교회의 그 미친 사람들한테
그 일을 꺼내지 않기를 바랐는데, 왜냐면
그 사람들이 가장 위험하다고
믿었기 때문이다. 그의 아버지는
교회의 오래된 신도였고
거기서 자식들을 키웠다.
베니는 허공으로 흩어지는 도넛모양 담배 연기를
허파 한가득 빨아들였다 내뱉었다.

이게 다 구두 때문에 시작된 일이었다. 소년
시절 내내, 그는 구두 속
여성의 발이 그리는 곡선에 대한
환상을 점차 키워갔다.
그걸 거듭거듭 종이 위에

그랬다. 힐. 부츠. 베니는
언제나 누이의 인형 옷을
만드는 걸 좋아했고 왜 모두
경악하는지 이해할 수
없었다. 그는 형제 셋, 누이 둘과
함께 눈먼 아버지 밑에서
자랐는데, 그가 여자 옷을
만들고 싶다고 하자 아버지는
그를 죽도록 두들겨팼다.
유럽과 아메리카의 유명한
디자이너들 대부분이 남자라는
사실 따위 다 필요 없었다. 아버지는 그에게
자기는 그런 아들을 키우지
않았다면서 생업으로
다른 걸 배우라고 했다.
아무도 아버지를 거역하지 않았다, 아무도.

베니는 서른 살, 아버지를 땅에 묻은

그날 옷을 만들기 시작했다. 그리고

처음으로 애인을 사귀었다. 옆 교구의

스물세 살짜리 애인은

그의 재능이라면 사업도 할 수 있다고

확신을 주었다. 그는

그 조언을 받아들였고,

댄스홀 의상과 대안적 의상*들 사이를

오가는 옷과 속옷으로

그 분야에서 유명세를 다졌다.

알 만한 사람들은 알았다. 어떤

남자들은 아내 옷을 사러 그를

찾아왔는데, 그가 아는 아내들의

_____

* 주류 상업 패션과 대조되는 패션 스타일을 일컬으며, 이모, 고스, 힙합, 헤
비메탈 패션이 이에 속한다.

사이즈보다 큰 옷을 사 갔다.

새뮤얼은 뒷방에 누워
있었다. 지금 집에 있다면
현관으로 이어지는 파란 타일 계단에서
마이클의 자그마한 검정 구두에
광택을 내고 있을 텐데. 따뜻한
땅콩죽 냄새가 부엌에서 흘러나오고
있을 텐데. 그는 집에 가서
자기가 휘저은 난장판을
정리하고 싶었다. 용서해달라고 빌고
이 모든 걸 과거의 일로 하고 싶었다. 그는
실수했다. 그는 보통 의상을
베니의 집에 숨겨두었는데 찰나의
부주의로 이 모든 사태가 벌어지고 말았다.
그는 옷장의 오른쪽 문을 열어

구두 한 짝을 꺼냈다. 펌프스

한 짝. 섬세한 하이힐

펌프스. 그의 발 사이즈인데도 우아하다.

은빛 밑창의 파란 새틴

펌프스. 너무나 아름답게 만들어진 신발.

그는 품에 구두를 꼭 품고

테사를 생각하며 잠이 들었다.

테사는 작은 집에서 복음성가 시디를

들으며 성경 공부를 하려 애쓰고

있었다. 하느님께 말을 걸려 애쓰고 있었다.

그 모든 걸 한꺼번에 하려고 애쓰고

있었다. 전에 일어난 일을

생각하려 할 때마다

토하고 싶어졌다.

자동차 트렁크 속

쓰레기봉투 묶음 밑에 쑤셔넣어둔,

속옷이 든 비닐봉지를

보고 그를 불러냈다. 금색 자수가

들어간 검은 뷔스티에와

프랑스풍 팬티들. 그녀의 사이즈는 아니었다.

다른 여자 생각에 화가 나고 상처를

받긴 하겠지만 그런 문제였다면

결국 잘 대처했을 것이다.

다른 여자라면 받아들일 수

있었을 것이다. 그럴 각오는 충분히 하고

결혼했으니까. 그녀보다 30센티미터는

너끈히 크고 매끄러운 검은 피부,

각진 턱과 높은 광대뼈를 지닌

이 아름다운 남자와 산다면 그건

시간문제일 거라 짐작했다. 마을

여자들은 늘 그를 빤히

구경했다.

사람들은 언제나 그가 지나치게

매력적이라고 생각했다. 그렇게 잘생긴 남자와

결혼하다니 그녀가 고생을 자처하는 거라고.

그래서 그 웃기는 변명을

들었을 때 믿을 수가 없었다.

교회에서 만난 사람일지도 모른다.

그래, 그게 맞을 거다. 하지만 그는

그녀에게 거짓말을 한 적이 한 번도

없었다. 그리고 얼굴에 떠오른 그 고통, 그

수치심. 그가 그녀를 물끄러미 바라보면서

"그거 내 거야"라고 말했을 때 그녀는

웃음을 터뜨리고 싶었다. 하지만 남편을

보자마자 진심이라는 걸

알았다.

그녀는 전부 지나간 일로 하고
덮을 수는 없을까 고민했다. 어쩌면
교회 신도들의 집단 기도와 도움의 손길이라면
가능할지도 모른다. 누군가의 여자로
옷을 차려입은 그를 상상하자 위장이 또 한번
뒤틀렸다. 그이가 어떻게 그럴 수가.
두 사람이 수년에 걸쳐 쌓아온 것들을 어떻게
그렇게 망가뜨린단 말인가. 아름다운 아들과
좋은 직업, 그 두 가지를
모두. 어떻게 그럴 수가 있지? 가정이
위험에 처했는데도 이런 변태 짓을
집어치울 수 없는 걸까?

새뮤얼은 갈비뼈 사이에 통증을
느끼며 잠을 깼고 그게 구두굽 때문이라는 걸

깨달았다. 거실에서 베니의 코고는
소리가 들렸다. 그는 무릎을 꿇고
뭐든 계시를 달라고 기도했다.
이 나라를 떠나야 하는 건지
고민했다. 누이를 따라 마이애미로 가서
거기서 아이에게 양육비를 보내야
할까. 그가 아이에게 대체 무슨 모범을
보였을까? 그는 어떤 부류의
남자였을까? 그는 아내와 사랑에
빠져 있었고, 아들을 사랑했고 동시에
자기 자신이기를 바랐다. 그는 그 모든 게
공존하기를 바랐다. 그게
잘못이었을까?

아침에 테사는 일어나
교회 갈 준비를 했다. 마이클에게

옷을 입히고 준비를 시켰다. 교회에
타고 갈 차가 없었기에
걸어서 가야 했다.
두 사람은 아침 성경 학교가 끝나고
교회에 도착했다. 마이클의
바짓단에 흙이 묻었고
두 사람 다 땀을 조금
흘렸다. 그녀는 신도석에 자리를 잡고
마이클을 앞줄로 이끌어 다른
아이들과 함께 앉게 했다.
뒷줄에 앉은 여자가
자기 아들이 저렇게 더러운 신발을 신고
집 밖에 나가는 건 용납할 수 없다고
속삭이는 소리가 들렸다. 또다른 여자가
아이 머리가 헝클어졌다며
좀더 빗질을 잘해줬어야 했다고

속삭였다. 테사는 얼굴이 화끈 달아오른 채

똑바로 앞만 바라보며 자신의

윤기 나는 얌전히 눌린 머리에

한 손을 얹었다.

아이의 머리를 좀더 잘

빗겨주었기를, 자기 남편한테

여자 옷 입는 취미가 없기를

바랐다. 모든 것을 잃을 위기에 처한 게

아니길 바랐다.

어쩌면 남편한테 정신적인 문제가 있을지도 몰랐다.

처음부터 다른 남자들과는 달랐다,

바람을 피우며 여기저기

씨를 뿌리고 싶어하는 다른 남자들과는. 다른

여자들한테는 눈길도 주지 않았다.

정말이지, 일찌감치 알아차렸어야 했다. 그는

독실하고 말수가 없고 언제나

도울 준비가 된 사람이었다. 혹시 그녀가
여자로서 부족했던 걸까?
혹시 남편한테 집안일을 너무 많이
시킨 걸까? 그녀는 한동안
몸이 좋지 않았다. 그래, 마이클을
낳고 난 후로 굉장히 아파서
아이를 보고 싶은 생각조차
들지 않았다. 새뮤얼 혼자 아이를
돌봐야 했고 어머니 역할을 해야
했다. 아마 그래서 그랬나보다. 테사는
주님의 성전에서 몸을 덜덜 떨며 용서를
구했다. 그럼에도 그녀는 거의 매일
아들을 살폈고, 진심으로
잘 돌봐주고 싶었지만 그녀가
느껴야만 할 것 같은 감정은 들지
않았다. 하지만 그건 그녀와 그녀의 신 사이의 문제지,

그녀와 아이 사이의 문제는 아니었다.

신도 중 어떤 여자가
기독교인이 된 과정을
간증하고 있었다. 어떻게 죄악에 찌든
친구들을 끊어냈는지를, 어떻게
부적절한 영향을 받느니 차라리
혼자 사는 편을 선호하게 되었는지를.
테사는 이 일을 교회에
꺼내기로 했다. 주님 안의
형제자매들 사이에서 자유롭게
말하고픈 충동이 일었다.

그녀가 말하려고 벌떡 일어나자,
교회 안에 정중한 정적이 빠르게
퍼져나갔다. 그녀의 목소리가 깨끗하고 맑게 울려퍼졌고

그녀는 성부와 성자와

성령을 부르며 삼위일체와

그들을 에워싼 하늘의

천사들에게 도움을 구했다. 그녀는

그들에게 말했다. 그들의 인도와 위로와

후원을 청했다. 침묵이

있었다. 누군가 그녀에게 기름을 부어주겠다고

했다. 그녀는 몸에 닿는 손길들을

느꼈다. 머리에서 어깨까지, 허리에서 다리까지.

그녀는 감동으로 부들부들 떨었고 교회 가족들이

내뿜는 에너지로 고동쳤다. 예전에

느낀 그 어떤 느낌과도 전혀

달랐다. 모두가 중얼거렸고

기도했고 손을 잡았다. 몇몇

여자들은 방언으로 말했다. 그들 중 한 명이

기절했고 또 하나는 격하게

구토했지만 아무도 동요하지 않았다.

그게 전부 결국에는 성령의

뜻이었으므로.

그날 아침 교회 건물 안에서

감동받지 않은 영혼은 하나도 없었다. 그들은

다 같이 결론을 내렸다. 이

전염병은, 심각한 문제를 초래할 사안이라고. 곤궁에

빠진 형제를 구원해야 한다고. 하나의

공동체이자 한몸인 교회의 책임이라고

했다. 그들은 또 하나의 영혼이 파괴되는 걸

용납할 수 없었다. 그들은 의논하고

기도하고 모두의 자식들과

일부의 남편들을 감염시키고

경제적으로, 영적으로,

정치적으로 이 나라를

망치는 악마들을 제거해야만

한다고 했다. 한마디로 옳지 못하다고 했다.

오후 세시, 목사가 말했다. 모두
다시 모입시다. 거리에 모여
그를 향해 행진하고 그를 구원합시다. 오후 세시는
오후 세시를 뜻한다는 사실을
경건히 모십시다. 흑인의 시간으로 오면 안 됩니다.
이걸 우스개로 여기는 사람들도 있었지만
목사는 진지했다.

오후 네시 삼십분에 베니는
저멀리 교회 신도들이 모인 것을
알아보았다. 그들은 합창을 하며
성공적 결과를 기도하고 있었다.
거리의 흙먼지는 붉었고
하늘과 풍경이 맞닿은 부분은 오렌지색으로 물들었다.

그들은 찬송가를 부르며 그 집으로
행진하고 있었다. 필립스가
아름다운 선율의, 매력적인 목소리로
찬송가를 선창했고 남자 합창단이
곧이어 그녀의 목소리를 받쳐주었다.
모두 흰옷을 입고 있었다.
그들은 신중하게,
느리고 느린 걸음으로 발을 맞추며
행진했고 한 발을 내디딜 때마다 고개를 끄덕였다.
가까워진 행렬을 보니, 테사가
남편을 목놓아 부르고 있었다.

새뮤얼이 베니 뒤로 현관에
모습을 드러냈다. 그녀는
자기가 구원해주러 온 남편을
바라보았고 그는 아름다웠다.

베니의 앞마당에

동네 사람들이 까맣게

모여 있었다. 목사는

이미 설교를 시작했다.

"회개하라, 젊은이들이여. 회개하라!" 그러자 군중

사이에서 물결처럼 동의가 퍼져나갔고

"회개만이 너희를 구하리라"라는

외침들이 이어졌다. 구경꾼들이

합류해서 밀치고 떼밀며

구경하려고 법석을 피웠다. 아이들이

뛰어다니며 교회 연주자들과 보조를

맞추려 애썼다. 신도들 주위를

팔짝거리고 돌며 이게 다 무슨 난리인지

보려 했다. 그리고

춤이 있었다. 물론, 골반을 돌리지는

않았다. 당연히, 엉덩이를 흔들지도 않았다.

손을 흔들고 박수를 치고, 손과
얼굴이 하늘의 예수를 향하고
찬송가는 더 커졌으며
교회 신자들은 흥분했다.
그녀가 생각하기에 교회 신자가 절대 아닌
사람들이 횃불과 등유를 들고
속속 도착하고 있었다.
교회 신자들은 병사의 노래를
불렀다. 그들은 이렇게 노래했다,

"우리는 신의 군대에서
싸우는 병사들이라네.
우리는 싸울 것이고,
어떤 이들은 죽어야만 한다네."

그들이 피 묻은 깃발을 치켜든다는

노래를 부르고 있던 그때
집의 뒷방에서 불길이
치솟았다. 미처 몸도 돌리지 못한 채, 베니의
심장이 터져 그의 몸속 구석구석으로
날아갔고 그는 자신의 삶과 옷감과
추억들이 불타는 것을 느꼈다.
냉정하고 차분하게, 눈앞의
일에 집중하며 교회 신도들은
계속 노래를 불렀다. 이 죄인들은
구원받아야 했고 불길이 몇 군데 오르는 것쯤은
치러야 할 대가로는 보잘것없었다. 아무튼,
지옥의 불구덩이에는 더 많은 불길이 타오를 테니.
목사가 설교를 계속하자 군중이
그들을 향해 더 가까이 움직였다. 테사는
곧 무리에 합류한 다른 사람들에 의해
밀쳐져 밖으로 튕겨나가고 말았다.

그리고 두번째 눈길을 던졌을 때는,
춤을 추는 듯 보였던 사람들 몇이
주먹을 휘두르고 있었고 노래 부르는 듯
보이던 사람들은 두 남자에게
욕설을 퍼붓고 있었다. 이건 테사가 각오한
바가 아니었다. 분노. 혐오.
그 말, 그 끔찍한 말의
함성들. 이건 다 잘못되었다.
잘못되었다, 교회가 의도한 바가
결코 아니었다.
위험해졌다. 불안해졌다.
사람들은 자기 자식들이 괜히 뛰어들어
다치지 않게 말리기 시작했다.
소고기 패티와 포도맛 소다를 챙긴
경찰들이 장관이 펼쳐진

시간에 딱 맞춰서,
둥근 얼굴에 미소를 걸고 현장에
도착했다.

두 남자는 도망치지 않았다. 연기가
피어올랐다, 짙고 까만 연기가.

실화

아빠가 너나 네 동생을
사랑하지 않아서가 아니란다,
엄마가 말했다,
우리의 잿빛 다리에 바셀린을 발라주면서
그렇다고 에이미 이모가 남자
도둑년, 사기꾼, 남의 뒤통수나 치는 배신자 암캐년이라
남자를 붙잡아둘 줄 몰라서 남의 남자를
뺏는 것도 아니야.
서로 더이상 관점이 같지 않을 뿐이야,
그게 다야
게다가 네 아빠는 침대에서 끝도 없이 캐슈
너트를 먹잖니.

네 엄마와 내가
서로 미워하는 건 아니란다,
아빠가 말했다, 우리의 면바지 주머니에

구겨진 10파운드 지폐를 넣어주면서
그렇다고 내가 너희 생일을 까먹은 것도 아니야
하지만 생각할 시간이 필요하단다. 아빠는
에이미 이모네로 들어가 살 거야
어쨌든, 너희 엄마는 요리에 소금을
너무 많이 넣어.

불륜이라고 하기도 뭐해,
알잖니,
에이미 이모가 말했다. 동생의
작은 나이키 운동화 끈을 묶어주고
주먹처럼 생긴 나무 빗으로 내 엉킨 머리를
풀어주면서
그보다는 각자의 결혼 서약을 넘어서서,
마음이 맞는 사람을 만난 거지.
(나중에 내가 이 말을 전했더니

엄마는 이렇게 중얼거렸다. 그리고 몸도 맞았지,
두 얼굴을 한 걸레 년. 웃기고 앉았네.
내가 이런 말 했다고 아무한테도 말하지 마라.
내가 이런 말 했다고 아무한테도 말하면 안 돼.)

네 엄마가 딱히
천사인 것도 아니잖니,
아빠가 눈에는 붉은 핏발이 서고
이마에 핏줄이 불끈 돋은 얼굴로
마지막 남은 위스키를 비우며 말하자
에이미 이모가 말했다. 그만해 윈스턴,
너무 많이 마셨어
그러자 아빠가 말했다. 나한테 이래라 저래라
하지 마
아직 내 마누라도 아닌 주제에, 자기가 다 안다고
생각하지.

어, 다 안다고 생각한다 이거지?

그렇다고 너희 가족이 꼭 지옥에 갈 거라는
말은 아니란다,
할머니가 덜 익은 바나나와
얌*과 만두를 끓이면서, 코코넛을
쌀과 콩 요리에 갈아 넣으면서
말했다.
그저 예수그리스도를 삶에
받아들이고
술과 죄와 거짓말들을 다 버려야 한다는
것뿐이지.
이제 가서 손을 씻고 식탁을
차리렴.

---

* 열대 혹은 아열대 지방에서 자라는 뿌리채소.

걱정 마라, 애야.

오늘밤에 우리가 그들을 위해서 기도할 거란다.

숨쉬어

결국 그녀의 말들이 아무것도 아니라면
결국 그의 손길이 허공이라면
그녀 생각이 찢어진 상처라면.
네가 섹스를 그만두자 그가 더이상 전화하지
않는다면
그녀가 네 전화를 받고 기다리라고 한다면
그리고
다시 전화하지 않는다면
그가 네게 돈을 갚으라고 한다면.
만약 그렇다면.

그녀가 아직도 미안해하지 않는다면
만약 그렇다면.

업보

그

여자애, 네가 어리고 친구가 없을 때

네 삶을 지옥으로 만든 그 여자애가

오늘 네 옆을 지나갔다. 이름들은 여기서 중요하지

않지만

감정들은 중요하다

왜냐하면 이십 년, 아니

더 오랜

세월이 지난 지금도 너는

뱃속 깊은 곳까지

여전히 겁에 질리고

여전히 잘 들리지도 않을 만큼 작게 말하고

여전히 몹시 작게 글씨를 쓰기 때문이다. 여전히

꾹꾹 악물고 참기 때문이다.

너는 언제나 그녀가 업보를 치를 거라 생각했지만
그녀가 잘 살고 있다는 얘기를 듣는다. 결혼했고,
곧 아기를 낳을 거라고, 네가 꼭 진심으로 그런
일들을
원하는 건
아니지만
여전히.
여전히
기분은 개같다.

송장 파먹는 귀신이 된 듯한
기분으로 집에 돌아온 적이
여러 번. 모든 종류의 투명함.
감정들이란 게 사라지기는
하는 걸까? 아니면 그냥 걸치고 다닐 만한 걸로
포장하는 법을 배우게 되는 걸까?

모든 게 다 그렇지, 너는 생각한다.

너 자신을 황금 만드는 사람으로 바꿔버린다.

14

하지만 적어도 나는 이제 열네 살이
아니다.
다른 사람의 남편들과 말을 섞지도 않고
새아버지를 피하지도 않고
엄마의 찬장에서
맑은 액체란 액체는 모조리 찾아서
마셔버리지도 않고,
베이비파우더와 오렌지주스로 그 액체를 억지로 씻어내려
하지도 않고
공원이나
축구 경기장에서 정신을 잃지도 않고
이른 새벽, 시커멓고 시커먼 오한에
떨지도 않는다.
집에서 아주 멀리 떨어진 곳을 영원히,
철저히, 철저히 떠돌며.
신이 나를 들쑥날쑥하고 느슨하며 제멋대로인 형상으로

오려 만들었다는 걸 아는 채로.

기도

하는 여자애들이 있고
나도 그중 하나다.
그들은 하느님이 좋아하지 않았다고 했다.

나는 교회에서 울었고
착한 사람이 되게 해달라고 기도했다.
(손을 깔고 앉아서.)

하는 여자애들도 있고
나도 그중 하나다.

그들은 남자들이 좋아하지 않는다고 했다.
나는 머리를 땋았고
저 아래 깊은 곳의 노래를 잠재우려 했다.
(나는 찬송가 책을 깔고 앉아 있었다.)

하는 여자애들도 있고
나도 그중 하나다

그들은 내가 사실은 좋아하지 않는다고 했다.
(가슴에 손을 얹고 생각해보라면서).

나는 성경 모임에 나갔다
(그리고 고해했다
잘못이라고 느낀 적 없는 일들을)
일부 여자애들이 하는 그 일들,
그리고
말해두지만,
나도 그중 하나다.

절박한 대화

배고파. 위장이 배고프다고 절규하고
나는 우리가 아직 나누지 못한
대화를 걱정해. 그러니까 이런 대화. 나는
저녁식사 후에 푸딩을 주문하고
별 맛도 느끼지 못하면서 씹고
삼킬 거야. 당신은 줄담배를
피우고 세 가지 다른 맥주를 마실 테고
그리고 우리는 지난 한 해와
거지같은 날씨에도 불구하고
어떻게 최선의 결과를 끌어낼지 의논할 거야. 우리는
만약을 위해 겹겹이 옷을 껴입거나
남의 집에 젖은 우산을 두고 오는 일에
지쳤어. 사람이 어떻게
그렇게 살 수 있겠어? 그날, 당신의 목소리는
너무 밝고 명랑하겠지. 당신의 마음이
가장 아플 때 언제나 그렇듯이.

우리는 언제나 만사를 괜찮게 만들려고
노력하고 있어. 좋아. 별일 없어, 또는
친구들에게 끔찍하다는 말 대신에
할 만한 엉터리 말들. 무척 슬프지. 간신히
숨만 쉬고 살아. 자, 우리 꽉 막힌 목구멍과
짓이겨진 심장과 눈물 어린 눈으로
이야기를 나눠보자. 어서, 이렇게 혀와
이에 쇠맛이 느껴지면
문제가 있다는 뜻이고
눈 뒤쪽과 두개골 사이의 공간에
가벼운 느낌이 들면
지옥이라는 뜻이니까.

바보 같은 게 뭐냐면

너는 네 시간 꼬박 전화에 매달려
있다. 머리가 아프고 더는
못하겠고 차라리 애초에 만나지 않았기를
바라는 마음이면서도. 그녀가 너를 비난하고 네가
그녀를 비난하고 그녀는 너를 미워하고 너는
그녀를 미워한다
하지만, 결국은, 이런 식으로 흘러간다

너: 너를 만져야겠어. 너를 원해.
그녀: 이리 와, 지금 당장. 빨리.

새로운

나를 잡아줘, 네가.
단단하게, 지금껏 내가 알던 건
떠나는 법뿐이니까.

나를 잡아줘, 네가.
단단하게, 지금껏 내가 알던 건
도망치는 법뿐이니까.

나를 의심해, 지금까지 내가 알았던 건
변명하는 법뿐이니까.

예전에 내가 네게 말했지, 네 마음은
다른 나라라고
네가 말했어, "아니, 다른 대륙이야." 그리고 우리는
웃음을 터뜨렸어.

내가 다른 애인들을 만들까
농담하면 네가 그들이 전부 다 네 안에 있다고 말하니
내가 어디로 도망치겠어?

너는 내가 머물러야 할 수백만 가지
이유. 나는 필요한 만큼
잠을 이루지도 못하고
와인을 다 마셔버리지도 않아. 나는 내가
행복할까봐 겁이 나.
네 손톱을 깊이 박아줘.
지금까지 내가 알던 건
사라지는 법뿐이니까.

변덕

너는 삶의 여러
변칙 중 하나
이것이
내가 추락한 사연.

북부의 집

너를 보면 떠오르는 것들.
집. 그게 어디든. 나는
혼란스럽고

우리 할머니처럼
(할머니는 남동생과 나를 이 년째
못 보고 계신데 그애는 절망과
맨체스터 북부
사이 어딘가에서 길을 잃었고
나는 멀리 아프리카에 있었기 때문이다)

그저 미소 지으며
주전자를 올리는 할머니처럼
나는 마지못해
너를 아주 많이 기다리게 될 것 같은
기분이 들기 시작한다.

할머니는 우리에게 마카로니와 브라운

스튜 치킨을 터퍼웨어*에 담아주신다

(남동생에게 쓰고 돌려달라고 했지만

그럴 애가 아니라는 건 누구나 안다).

고독의 핵심은 끔찍한 것.

우리 모두에게는 서로가 있지만

그것도 한계가 있나보다.

우리 모두, 결국에는, 고집불통처럼

각자 죽나보다.

누군가 시편 139편을 낭독하는데

우리가 경이와 기적으로

창조된 존재라는

시구에서

---

* 식품용 밀폐용기 상품명.

나는 비로소 빛을 보기 시작하고
내 팔에 새겨진 네 문신의
윤곽을 손으로 훑는다.

먹일 입들이 딸린 남동생이
음식을 다 가져간다.
입이 몇인지는 아무도 모른다. 아무도
묻거나 헤아리지 않았고 남동생은
별로 말이 없다. 아무튼, 나는 곧
런던으로 떠난다. 음식과
추억의 무게를 짊어질
여유가 없다. 아무리 맛있어도.

어떤 것들은 그냥 저 위 북부에 두고
와야 한다, 단모음 a 발음이라든가, 모리슨스*라든가,
오벌틴**이라든가, 졸업 모자와 가운을 걸친

돌아가신 부모님의 사진들 같은 것은

서인도제도 스타일로 육두구와
연유를 첨가한
당근주스와
네가 이 말을 할 때마다 할머니, 할아버지의 얼굴에
어김없이 떠오르는 표정 같은 것은,

"아, 이제, 가봐야겠어요. 기차를
놓치고 싶지는 않아서요."
그건 그렇고,
네가 끔찍이도 그리워지기 시작했다.

---

* 잉글랜드 북부에 사업을 집중하고 있는 영국의 슈퍼마켓 체인.
** 영국의 식품 브랜드. 코코아 파우더. 착향 몰트, 아이스크림 등 대부분의 제품을 잉글랜드 북부의 킹스 랭글리 공장에서 생산했으나 2002년 공장이 폐쇄되었다.

비가 내리는데도

오늘 여기 북부의 날씨는 눈이 부시다.

엄마

엄마. 엄마 있는 데에

티아 마리아*와

코카콜라와

엄마가 자려고 하는데

너무 큰 소리로 떠들지 않는 사람들이

있기를 바라.

계획과 꿈이

있는 딸과

경찰과 서로 이름을 부르지 않는 아들들을 두었길 바라.

엄마가 소수의 좋은 남자만

잘 골라냈기를,

그중 아무도 바람 같은 건 피울 줄

모르길 바라.

---

* 자메이카산 커피콩으로 만든 증류주 상표명.

엄마, 엄마 있는 데는……
엄마를 너무 오래 노려보지 않는
할아버지들과
아프지 않은 할머니들이 있기를 바라
네 엄마가 떠났다며
소리를 지르지 않고
엄마한테
똥덩어리 같은 년이 아니라고,
말해주기를 바라.
엄마를 깜둥이 화냥년이라고 부르는 노인들을
밥 먹고 살겠다고
씻겨주지 않기를 바라.

엄마, 엄마 있는 데서는, 하느님이
내려와 엄마한테
정리정돈하는 법을 가르쳐주고

엄마가 피곤에 절어서 신경쓸 정신이 없어도
악쓰지 않기를 바라.

엄마의 엉킨 머리를 풀어줄
사람이 있기를 바라.
좋은 건 좋고 옳은 건
옳고 정당한 건 정당하기를 바라.

아이

이천사백구십육 개의
작은 소문자 a를 A4 한 페이지에
집어넣으려면
1제곱센티미터 네모 안에
네 개씩 빽빽하게
넣으면 된다.
아빠는 말할 것이다, "우리 딸 참 성실하기도
하지."
다른 사람들은 다 시간 낭비라고 부를
것이다.

남동생한테 너의 제일 좋은
일요일 외출복을 입히면서
기다란 통에 든 스마티스 사탕을
한꺼번에 네 입속으로 털어넣을 수 있다.
할머니는 드레스를 입은 남자애를 보고

웃을 것이다.

할아버지는 누굴 때리기 일보 직전까지 갈 것이다.

남동생은 부끄러움에 고개를 처박고

위층에 올라가서

옷을 갈아입을 것이다.

스마티스 사탕 일은 아무도 모를 것이다.

엄마는 자메이카에 전화를 걸어 나쁜 말을

쉰여섯 번이나 한다.

하지만 네가 그 사실을 지적하면 썩 좋아하지

않는다.

"어른들 대화는 엿듣는 게 아니야"

라고 경고하는

엄마의 입가가 점점 굳어간다.

목사는

교회 설교시간에 지옥을

스물네 번 언급하고
사랑은 깜박
잊어버린다. 할아버지는 잠이 드신다.

성경책에 그림이 있으면
색을 칠해야 하고 교회에 오는
남자들 몇 명이 하얀 양말에 검은 구두를
신었는지 헤아려야 한다.
물어뜯은 손톱의 숫자를 세고
기도하며 소리 없이 우는 사람의 숫자도
세어라.

그날 오후 어머니가,
피곤하고 사랑스러운 모습으로
도로에 차를 세우고 너를 데리러 갈 때까지
지나쳐간 차들의 수도 세어라.

엄마의 빨간 손톱, 딱 붙는 청바지에
절레절레 고개를 젓는 사람이 몇 명인지도 세어라.
엄마는 스타 같고 그들은
질투한다.

너는 외로움이라는 단어를
아까 그 종이 뒷장에
사백 번 하고도 열여섯 번
써넣을 수 있다.
아빠는 말할 것이다. "바보 같은 소리 마라. 네
동생은 금세 퇴원할 거야."
엄마는 스트레스가 심해서 말도 못할 것이다.
너는 할머니 집에 가서 살게 될 것이고
몇 날 며칠을 에그 컵*으로 루이보스 차를

---

* 삶은 달걀을 담는 그릇. 에그 컵 하나당 달걀 하나가 들어간다.

마시며
하느님 말씀을 공부하고 태양을 바라볼
것이다.

가장 높은 분을
두려워하는 법을 배울 것이고
또
킹제임스 성경에서 하나니,
하오나, 하소서라는 말이
몇 번 나오는지도 헤아릴 것이다.
제대로 기록해라. 할아버지는
하모니카로 무슨 곡이든 연주할 수 있다.
시험해보라. 할아버지는 시험을 좋아하신다
(답을 모르면 그때는 싫어하지만.
그러면 화를 내고
속마음과 다른 말들을 하신다).

네 새로운 방의 벽지에는

백이십칠 송이의

장미가 있다.

그보다 더 많았지만 몇 송이는

네가 떼어내버렸다.

동생이 어디론가 가고 없는 게

두 달째인데

네게는 아무도 아무 말도 해주지 않을 것이다.

얼마나 많은 가족과 친구가 너를 위해

기도하고 있는지 헤아려보라.

한 송이에 예순네 알이 달린 빨간 포도가

있고

한 알씩, 한 알씩, 빨리,

멈추지 말고 먹어라.

어쩌면 너도 병원에 갈 수 있을지 모르니까.

불편

나는 결코 너를 이해하지 못할 것이다
하지만 맙소사,
내가 너를 얼마나 원하는지.

너는 몹시 별안간 일어난 사건이다
안전을 도모하려 으레 내가 취하는 조치를 미처
해볼 여유도 없이.

나는 모든 수를 다 써본다, 네가 오만하고 따분하고
매정하다 생각해보려고. 전혀 통하지 않고
나는 너를 꿈속에서 그린다
악마 같은 모습으로.

네가 번득이는 눈길로 나를 훑고
그 시선은 곧장 내
네번째 뇌*에 꽂힌다. 심지어 네

숨소리조차 나를 흥분시킨다.

그리고 우리 모두 안다
저 앞에 놓인 위험을. 내 세포들이 너에게 자리를
내어준다.

내 호흡은 밭다
내 머리는 어리석음으로 가득하다
내 이성은 어두워진다.

---

* 뇌의 전전두엽 피질 부분을 일컫는 말. 상황과 감정을 판단하고 그에 맞는
반응을 조절한다고 알려져 있다.

좌표

여행을 할 때마다
나 자신을 조금씩 더 만난다.
때때로 너는 너의 모든 도시들을 떠나야만
사랑에 빠질 수 있다

그리고 지금
내 연인 대다수는
여러 시간대만큼,
또다른 연인들은 여러 생애만큼 멀리 떨어져 있다.

누가 무엇을 어디서 하고 있었는지

그녀는 부엌에 있었어. 울지 않고.

울지 않고, 내가 말했다.

그는 복도에 있었지

다른 사람들처럼

이미 떠나버린 채.

우리는 거실에 있었어. 신경쓰지

않고. 분명히 말해두지만, 신경쓰지 않았어.

어쩌면 신경썼을지도 몰라. 어쩌면 (조금은)

신경썼을지도 몰라.

어쩌면 그녀도 조금은 울었을지도 몰라.

여자친구를 때렸다는 말을 듣고

동생은 불편한 표정으로
자리에서 안절부절못하며 네 말을 듣는다.
"누가 나한테 그런 짓을 했다면
말이야." 네가 중얼거린다. "씨발 다 조져버릴
거야. 너도 내가 다 조져버릴 거 알잖아."
녀석은 오늘 너의 눈을 똑바로 보지 못한다.
이십 몇 년 살아오면서 이번이
처음이다, 본능적으로 동생의
자신감을 올려줘야겠다거나
결손가정의 불안정한 흑인 남자애들이
빠지는 곤궁을 한탄하거나
체제의 결함을 고려해야겠다는
마음이 전혀 들지 않은 건.
이십 몇 년 살아오면서 이번이
처음이다
동생이 희생자가 아니라

누가 뭐래도 가해자인 경우는

그래서 너는

(마음을 굳게 먹고)

침을 꿀꺽 삼키며 말한다,

"그건 변명의 여지가 없는 짓이고

나는 도저히 너를 위해 싸워줄 수 없으니까

다 털어놓는 게 좋을 거야. 지금 당장."

너는 대화를 하기 위해 자리에 앉고

그 녀석은 운다, 거의.

그들이 묻거든

어떠냐고 그들이 묻거든
두렵다고 말하지 말라. 실눈을 뜨고
이에 키스를 하더라도* 무섭다고
말하지 말라.

그 어느 때보다 더 겁이
난다고, 혹은 당황스럽다고 말하지 말라.
이유 없이 길을
잃었다거나 해낼 수 있다고
늘 확신하는 건 아니라고 말하지 말라.
그 허리를 꼿꼿이 펴라
너는 섹스다. 섹스처럼 보인다.

네가 흘린 피를 닦아라.

---

* 입술을 내밀고 앞니를 입술 안쪽에 붙여 소리를 내는 것. 자메이카나 서인
도제도 사람들이 못마땅하거나 불쾌할 때, 화가 날 때 쓰는 제스처이다.

태양이 다른 거리를 비추느라 바쁠 때
무슨 일들이 벌어졌는지 그들에게 말하지 말라.

'그들이 하는 일을 하라.'
고상한, 고상한, 고상한 사람들
네가 집에 도착할 때 사라진, 사라진, 사라진
사람들.

시련을 감내하라, 그게 너의
천부인권이니까.
너 자신과 싸움을 벌여라. 나쁜
싸움을 하라.

싸워라.

어떠냐고 그들이 묻거든

도둑맞았다고 말하지 말라. 잊혔다고,

묵살당하고,

무시당했다고 말하지 말라. 감히 '고아'라고 말하지 말라.

체제에 짓밟혔다고

억압당하고 방해받았다고 말하지 말고

감히 실망했다는 말은 입에도 담지 말라

망가졌다고 말하지도 말라.

웃어라.

이를 전부 다 드러내고 웃어라, 아무리

썩은 이라도.

심지어 썩은 이라도.

장로들에게

여러분이 섬기는 주님을 난 찾을 수가 없어요
제가 밤새 뜬눈으로 찾아봤다는 건
모두 아는 사실이지요.

역사

1.

열여섯 살 때
새로운 남자가 내게 키스를 했다
그런데
입술에 키스를 한 것도
아니다.
자, 당연히 그는 나를 돌봐주었고
나의 지나친 조숙함은
독이 되었다.

그리고 당연히 그에게는 아내가
내게는 어머니와
끔찍한 새아버지와 남동생이 있었고
당연히
나는 거의 매일매일

죽고 싶었다.

당연히 그가 나의 동정을 앗아간
남자는 아니다
—그건 사라진 지 오래였으니까
하지만 종류가 다른 무언가가
내게서 사라졌다.

아니요
가 사라졌다.
내 생각은 달라요
가 사라졌다.
……하면 기분이 좋지 않아요
가 사라졌다.
아니
솔직히

그런 것들은 애초에 내 것이었던 적이 없었다.

2.

내게 키스했던 남자는
아내를 떠나고 싶어했다
그것도 당장.
자, 당연히 그는 너무 빠르게 앞서나가고 있었고
나는 끝내고 싶었다.
그리고 당연히 그는 술을 좋아했고
그때쯤엔 나도 그랬다

하지만 결국, 나는 떠났다.
맥주 두 상자와 다른 무언가에 대한 갈증을.

나는 아직도 그런 것들로부터

나를 빼내줄 말들을

찾고 있다.

무제 1

그걸 쓰기 두렵다면,
좋은 징조다.
죽도록 겁이 난다면 지금 쓰고 있는 게
진실임을 안다는 뜻이겠지.

시

오늘밤 저녁 식탁에서는
아무도 아무 말도 하지 않고 있다,
다들 너무 화가 났으므로.
유일한 소음은 본차이나*에
부딪는 순은의 챙그랑 소리와
다른 집 아이들이 밖에서
노는 소리뿐이지만
이것이 네게 시를 주리라.

부엌에는 긴장을 끊어낼 만큼
잘 드는 칼이 없고
할머니의 손은
떨리고 있다.
고기와 얌 스틱에 목이

---

* 뼛가루를 섞어 만든 고급 자기.

메도
소금 좀 주세요,
속삭일 용기도 감히 낼 수 없지만
이것이 네게 시를 주리라.

아빠는 입으로 거친 숨을
몰아쉬고
오늘밤 아빠 자신도 확실히 잘 모르는
이유로
불꽃이 번쩍 튈 만큼 너를 때리기로
작정했다.
너는 피멍이 든 채 떠날 것이다.
너는 피멍이 든 채 떠날 테지만
이것이 네게 시를 주리라.

피멍은 산산이 부서지리라.

피멍은 산산이 부서져서

검은 다이아몬드가 되리라.

아무도 반에서 네 옆자리에 앉지 않을 것이다.

어쩌면 네 인생은 잘 풀릴지도 모른다.

분명 처음에는 그러지 못하겠지만

하지만 그것이

네게 시를 주리라.

와인

현명해지기에 너무 늦은 때는 없다.
네 영혼이 그간
발효된 것을 보라.

또다른 사건

우리는 차에 타고 있었다.

나는 엄마에게 악을 쓰고 있었다

엄마의 끔찍한 남자 취향에

절망해 울면서,

왜 항상 잠옷 아래

내 가슴을 쳐다보거나

엄마 돈을 훔치거나

바람을 피우거나 종적을 감추는 남자만

골라오는 거냐고 따졌고

이번에 엄마는 내 따귀를 철썩

갈기지 않았다.

엄마는 눈도 깜박이지 않고 앞만 바라보았다. 내게

자기 엄마의 아버지 이야기를 해주었다,

반짝이는 눈빛과 둥근 얼굴에

잘생긴 외모의 그 남자가

엄마가 열한 살 때 방으로

따라 들어와 강제로 엎드리게
했다고.

우리는 차에 타고 있었다.
나는 여덟 살과 스무 살 사이
어디쯤이었고 엄마는 열아홉과
서른다섯 살 사이 어디쯤이었지만
나이는 확실히 기억나지
않는다. 서로 뒤섞여,
걷잡을 수 없이 소용돌이치는데
그 이유는 이게, 그러니까, 꿈이기
때문이고 나는 엄마에게 그녀가 사귀는
깡마르고 키 크고 끔찍한 남자,
모두가 잘생겼다고 하는
그 남자 이야기를 하고 있기 때문이다.
음식을 숨기고

내가 욕조에 있을 때 들어오려 하는 그 남자.

우리가 이 모든 것에 대해 나눈
유일한 대화는
(사실 실제로 우리가 나눈
유일한 대화는)
내가 열세 살 때, 우리가
거실에서 말다툼을 하고 있었을 때였고
(아까 그 남자를 두고 말이다)
엄마는 나를 때릴 태세로
이렇게 말했다.
"나는 할아버지한테 강간당할 뻔했어.
넌 운좋은 줄 알아."

나는 놀라 말을 잃고 말았다. 엄마에게
그렇게 끔찍한 일이 일어났다는

상상은

혹은 거의 일어날 뻔했다는 상상은 하기 싫었고

게다가, 나는 그때 이미 엄마가 내 편이 아니라고

밀어낸 후였다.

엄마는 말하고 싶어했다. 들어줄 사람이

필요했다.

그때 내가 단 한 가지 질문이라도 해줬다면

얼마나 좋았을까

하지만 이제 너무 늦었다.

나는 너무 어렸고

엄마는 젊은 나이에

혼자 호스피스에서 죽었고 그때 나는

멀리, 닿을 수 없는 곳에서 살고 있었다.

하지만 우리 엄마는 거의 매일 밤 나와 함께 있다.

엄마는 내 첫사랑~~이었다~~이다.

나는 지독하게 엄마를 꿈꾸고

그 꿈속에서 엄마를 사랑하고

화를 내고 엄마를 흔들어대고

물고, 이를 갈고,

모든 것으로 충만해져

잠에서 깬다.

무제 2

그 사랑스러움을 붙잡아라.
그건 항상 네 것이었으니.

단퀴에스*(무그하불)

오늘은 남은 날들의
첫날이다.
물론 또다른 첫날들이
오겠지만
꼭 이런 날은 다시 오지 않으리라.

네이라 멀리사 에밀린 로사

닉크 타피와

마샤.

『뼈』, 액정 화면에서 책장으로 흘러
검붉은 시詩가 방울방울

아, 지금 하는 책, 뭐냐면…… 인스타그램에서 시를 써서 스타가 된 영국의 젊은 흑인 여성 작가인데…… 여기까지 말하다보면 상대의 시선은 어딘가 먼 데로 흘러가곤 했다. 아, 그래, 배우고 모델인데 인스타그램에 시를 쓴단 말이지. 대충 알겠다는 듯 고개를 주억거리며. 찰나에 소화되는 짧은 시를, 소위 예쁜 감성을 포장해서 팔겠지.

나도 예외는 아니었다. 책을 만나기 전에는 십오만 명의 팔로워를 보유한 이 인스타그램 스타를 쉽게 예단했다. 셀피, 화보와 함께 아이폰 메모장에 쓴 시를 스크린 캡처해 올리는 젊은 시인이라니. 하지만 막상 그 강렬한 시들에 닿자

깜짝 놀랐다. 부르르 떨었고 앗, 뜨거, 소스라쳤다. 이르사 데일리워드는, 그런 시인이다. 얕보고 무방비하게 들어오는 독자를 낚아채 전율하고 경악하게 만든다.

하루는 이르사 데일리워드의 인스타그램에 짤막한 두 문장이 올라왔다.

"그걸 쓰기 두렵다면,
좋은 징조다.
죽도록 겁이 난다면 지금 쓰고 있는 게
진실임을 안다는 뜻이겠지."

하얀 바탕에 까만 글자로 올린 이 포스팅은 오천이백 개의 '좋아요'를 받았다. 고혹적인 화보와 셀피들이 받은 하트('좋아요')보다 두 배는 많은 숫자였다. 이르사 데일리워드의 시를 읽는 사람들이라면 이 선언에 얼마나 묵직한 진정성이 깃들었는지 안다. 별다른 기교도 수식의 잔재주도 없는, 그러나 정신이 번쩍 드는 이런 문장들이 이르사 데일리워드의 폐부로부터 숨처럼 흘러나온다.

불편한 반응을 무릅쓰고 도발하는 이 명철하고 정직한 자기표현은 이르사 데일리워드가 시인으로서 인스타그램이라는 플랫폼을 정복하고 또 전복한 힘이다. 플랫폼을 이용하되 플랫폼의 암묵적 규칙에 순응하지 않았던 것이, 아이러니하게도 승리의 비결이었다. SNS 중에서도 인스타그램은 독특한 판타지의 플랫폼이다. 사람들은 필터 처리한 사진과 해시태그를 포함한 짧은 글을 올리며 각자 삶의 하이라이트를 미화해 전시한다. 그러나 이르사 데일리워드는 이미지의 매체에 텍스트를 올렸고, 환상의 플랫폼에 시커먼 치부를 노출했다.

흑인이자 여성이고 LGBTQ인 그녀는 다중의 소수자다. 어디에도 소속되지 못하고 누구에게도 제대로 이해받지 못하는 외로움이 시 속에 사무친다. 사포처럼 거친 세계의 결에 쓸려 생살이 까지고 껍질이 벗겨지고 피가 뚝뚝 흐르는 마음의 상처, 제자리를 찾지 못하는 이질감, 피해의식과 정서적 결핍, 우울증과 중독, 병들고 왜곡된 사랑의 고통과 신열까지, 뒤채고 버둥거리고 소리 없이 악쓰는 이 시집에 실린 시의 감정에 예쁜 구석은 어디를 봐도 없다. 『뼈』의 페르소나들은 짓밟히고 버려지고 뜨겁게 욕망하고 좌절하며 속을 앓고 끓어오르는 분노를 삭이고 애를 끊이고 끝내 살아남는다.

이르사 데일리워드는 생의 아픔이 우리에게 시詩를 준다
는 걸 알고 있다. 언어 감각을 본능으로 타고난 듯, 군더더기
라고는 찾아볼 수 없이 반들반들, 새하얀 뼈다귀 같은 문장
들 너머로 검붉은 혈흔이 흥건하다. 그 핏자국으로 이르사
데일리워드의 시어들은 매체의 간극을 넘는다. 아무리 잘 쓴
인터넷 포스팅이라도 책의 지면으로 옮겨지면 경박하고 어
색해지기 다반사지만 이르사 데일리워드의 시어들은, 생손
앓이처럼 오감으로 전이되는 존재의 아픔으로, 견디고 일어
서는 영웅적인 용기로, 아무것도 숨기지 않고 내어놓는 당당
함으로, 액정 화면에서 지면으로 힘차게 흘러 번진다. 그리
고 여전히 검은 다이아몬드처럼 빛난다.

김선형

옮긴이 **김선형**

서울대학교 영어영문학과를 졸업하고 동 대학원에서 르네상스 영시 연구로 박사학위를 받았다. 세종대학교와 서울시립대학교에서 연구교수로 재직했다. 옮긴 책으로 『셀린』『프랑켄슈타인』『벤자민 버튼의 시간은 거꾸로 간다』『가재가 노래하는 곳』『시녀 이야기』『은하수를 여행하는 히치하이커를 위한 안내서』 등이 있다. 2010년 유영번역상을 받았다.

문학동네 세계문학

뼈

초판 인쇄 2019년 10월 17일 | 초판 발행 2019년 10월 25일

지은이 이르사 데일리워드 | 옮긴이 김선형 | 펴낸이 염현숙
기획·책임편집 정혜림 | 편집 류기일 이현정
디자인 김이정 이원경 | 저작권 한문숙 김지영
마케팅 정민호 정진아 함유지 김혜연 박지영 김수현
홍보 김희숙 김상만 오혜림 지문희 우상희
제작 강신은 김동욱 임현식 | 제작처 영신사

펴낸곳 (주)문학동네
출판등록 1993년 10월 22일 제406-2003-000045호
주소 10881 경기도 파주시 회동길 210
전자우편 editor@munhak.com | 대표전화 031) 955-8888 | 팩스 031) 955-8855
문의전화 031) 955-3579(마케팅) 031) 955-8861(편집)
문학동네카페 http://cafe.naver.com/mhdn | 트위터 @munhakdongne
북클럽문학동네 http://bookclubmunhak.com

ISBN 978-89-546-5842-3 03840

www.munhak.com